NARRATORI DELLA FENICE

W0406863

Una precedente versione di questo libro è apparsa nel 2010 presso Einaudi. Questa nuova edizione è frutto di una profonda revisione.

In copertina: illustrazione di Giancarlo Caligaris
Grafica: *the*World*of*DOT

Per essere informato sulle novità
del Gruppo editoriale Mauri Spagnol visita:
www.illibraio.it

ISBN 978-88-235-3099-7

Copyright © 2010 Marco Vichi e Leonardo Gori
Edizione pubblicata in accordo con Leonardo Gori attraverso
Piergiorgio Nicolazzini Literary Agency (PNLA)
© 2023 Ugo Guanda Editore S.r.l., Via Gherardini 10, Milano
Gruppo editoriale Mauri Spagnol
www.guanda.it

MARCO VICHI
LEONARDO GORI

VITE RUBATE

UGO GUANDA EDITORE

Marek

Mandò giù l'ultimo sorso di birra e rimase seduto a guardare la cameriera che passava lo straccio davanti al bancone. L'aria puzzava di disinfettante. Oltre a lui nel bar c'era solo un vecchio che dormiva, seduto in un angolo. Marek si sentiva oppresso più del solito, ma non era colpa delle nuvole spesse che da molti giorni pesavano sui tetti di Cracovia. Aveva la testa ingombra di pensieri. Cosa aveva studiato a fare? Sua madre si era spezzata la schiena per mandarlo a scuola, ma non era servito a nulla. Il diploma poteva attaccarlo al muro per sputarci sopra ogni volta che ci passava davanti. Aveva fatto il camionista, l'aiutante idraulico, il giardiniere, il manovale, aveva cambiato le traversine della ferrovia, aveva pulito i vetri dei negozi. Sempre per una paga da fame. L'unico vantaggio era che aveva imparato un sacco di mestieri. L'ultima volta aveva lavorato come fabbro per un figlio di puttana che si divertiva a tormentarlo, e alla fine era stato lui ad andarsene. Adesso era di nuovo disoccupato. Cosa doveva fare? Quale santo doveva pregare? Non ne poteva più di miseria. Ogni sera a cena lui e sua mamma si lanciavano occhiate cariche di interrogativi, davanti a un piatto di cavolo o di patate. Tutta la casa era piena di santini appesi al muro o infilati nella cornice dei quadretti, ma per adesso non erano serviti a molto. In fondo non serviva a nulla nemmeno rodersi il fegato. E di certo non voleva mettersi a rubare, anche se in certi momenti pensava con amarezza che sarebbe stata la cosa più giusta. Perché doveva vivere così? Quale condanna stava scontando? Perché non poteva farcela anche lui? Per adesso gli sarebbe bastato un lavoro. Avrebbe fatto qualsiasi cosa pur di guadagnare un po' di soldi. Non ne poteva più di vedere sua madre lavorare come un mulo nelle case dei signori. Ma prima o poi le cose sarebbero cambiate. Ne era sicuro. Doveva esserne sicuro, altrimenti impazziva. Era giovane, poteva ancora sperare. Le rare volte che si lasciava andare dietro ai sogni immaginava di avere una piccola casa tutta sua, una bella moglie, dei figli. Chiedeva troppo? Lasciò i soldi sul tavolo e uscì nel vicolo. S'incamminò sul marciapiede, con i pugni dentro le tasche. Si rese conto di tenere la testa incassata nelle spalle, come quando da bambino si sentiva in colpa. Le facciate delle case sembravano cadergli addosso, e il rumore dei propri passi lo rendeva malinconico. Gli venne in mente suo padre, morto quindici anni prima in un cantiere dopo un volo di venti metri. Marek si ricordava bene la sua faccia tonda, sempre allegra. Era stato un bravo muratore, suo padre. Ogni tanto si fermava davanti a un palazzo e diceva con orgoglio, picchiando una mano sul muro: «Questo l'ho fatto io». Una mattina era uscito per andare al lavoro, senza sapere che non sarebbe più tornato a casa. Marek a quell'epoca aveva appena sette anni, ma quel giorno lontano gli sembrava ieri. Al funerale sua mamma aveva l'aria di uno spettro. Suo padre era stato murato in un loculo e così sia. Pace all'anima sua. Adesso non aveva più da soffrire. Erano i vivi quelli che stavano peggio.

Era quasi un mese che Marek si trascinava per le strade di Cracovia, fermandosi nei negozi e nei ristoranti per chiedere se avessero bisogno di qualcuno. Scuotevano tutti la testa, senza nemmeno farlo finire di parlare. Lui continuava a cercare e a collezionare rifiuti. Oggi però non aveva voglia di sentirsi dire di no, e vagava per la città senza uno scopo. Molti suoi amici se n'erano andati a lavorare in altri paesi, ma nessuno di loro aveva fatto fortuna.

Vide passare una ragazza elegante con un cagnolino al guinzaglio, e la seguì con lo sguardo finché non la vide sparire dietro l'angolo della strada. Ecco, la donna che avrebbe sposato sarebbe stata bella come lei. Forse addirittura più bella. Non voleva smettere di sognare, anche se in certi momenti era difficile credere nelle favole. Cominciò a cadere una pioggerella leggera. Era stufo di sconfitte, la sua vita doveva cambiare. Lentamente un'emozione vaga si fece largo nella sua mente, finché non diventò una decisione: anche lui se ne sarebbe andato all'estero a lavorare. Sentì un brivido lungo la schiena e capì che stava facendo sul serio. Anzi, solo ora si rendeva conto che dentro di sé aveva deciso da tempo. Non gli restava altro da fare. Non solo per sé. Avrebbe mandato ogni mese un po' di soldi a sua madre, per alleggerirle la vita. Non vedeva l'ora di partire, anche se insieme all'euforia sentiva una certa paura.

Le gambe lo avevano portato davanti al panificio dove lavorava Bogumil, un suo vecchio amico. Passava spesso a salutarlo, soltanto per scambiare due chiacchiere. Un modo come un altro per dare un senso alla giornata. Ma non solo. Quando il proprietario non vedeva, Bogumil gli regalava del pane.

Spinse la porta e s'infilò dentro. Il negozio era vuoto. Il proprietario doveva essere nel retro a impastare qualche dolce. Marek salutò il suo amico con un cenno.

« Me ne vado » disse, un po' ansimante.

« Che? » sorrise Bogumil.

« Non ce la faccio più. »

« Lo dici tutti i giorni » fece Bogumil alzando le spalle.

« Che cazzo ho fatto di male, per meritarmi una vita del genere? »

« Devi avere pazienza, prima o poi troverai qualcosa. »

« Ne ho piene le palle di avere pazienza. Voglio andarmene. »

« E dove? »

« Non m'importa dove. »

« Pensaci bene... »

« Che c'è da pensare? Ormai ho deciso. »

Aleya

Zio Ti, magro e un po' curvo, con la barbetta bianca e sempre sorridente, non era il suo vero zio: era il fratello più giovane del nonno, l'unico ancora in vita dei cinque che erano. Ma ad Aleya non era rimasto che lui, perché i suoi genitori erano morti quando aveva otto anni ed era figlia unica. Suo padre se n'era andato all'epoca della grande siccità, quando arrivavano continuamente i camion europei e gli uomini armati delle bande li fermavano e ne requisivano il contenuto. Le casse piene di carne in scatola, di latte condensato e di tante altre cose venivano comprate e rivendute decine di volte, e qualcuna finiva nelle mani di piccoli ladri, che si approfittavano della confusione. Il padre di Aleya era stato ammazzato dai vigilantes del negozio di liquori del villaggio, che cercavano proprio uno di quei ladruncoli, anche se lui non c'entrava per niente. Poi l'anno dopo era toccato a sua madre Lena, durante l'epidemia di febbre: aveva gridato di dolore per una settimana intera, ed era morta essiccata come un frutto di mango tagliato dalla pianta e lasciato sotto il sole. Zio Ti era stato buono e aveva portato Aleya a casa sua: due belle stanze grandi di lamiera ondulata. Arrivava perfino l'acqua dal cortile, con un tubo di gomma arancione. Zio Ti era vedovo da molti anni e viveva con Heléne, una donna del Sud, che andava a servizio in una casa di bianchi, molto lontano, e partiva e tornava quattro volte al giorno con uno dei camion delle bande.

Per i suoi dodici anni, Aleya ebbe dalla moglie di zio Ti una bambolina di plastica, che divenne la sua unica amica. Heléne sapeva tante più cose di zio Ti e di tutti gli altri, ed aveva anche provato a mandarla a scuola, portandola con sé quando andava in città e poi tenendola per il resto della giornata nella casa dei bianchi. Aleya prendeva il camion con Heléne ed era contenta, perché in città c'erano le grandi case e la gente era vestita bene. Nella scuola aveva trovato ragazze più giovani e qualcuna era stata anche gentile con lei. Ma zio Ti l'aveva lasciata frequentare quel paradiso per meno di una settimana: poi, una mattina, le aveva tolto di mano il quaderno e le aveva proibito di seguire Heléne, senza dare spiegazioni e lasciando che piangesse per tutto il giorno. Aleya da quel momento non aveva fatto più nulla e si era rifugiata in un angolo della capanna di lamiera. Passava il tempo giocando con la bambola e aspettava che Heléne tornasse col camion. Poi stava con lei mentre preparava da mangiare, e parlavano di tante cose, di com'era la città, della vita fuori dal villaggio. Ma anche Heléne cambiò in fretta: era come se avesse tanta paura di zio Ti. Cominciò a bere da una bottiglia che teneva fuori della finestra e da un certo giorno in poi smise anche di cucinare. Zio Ti rientrava tardi dai suoi giri, la sera. Di notte urlavano, e qualche volta sentiva Heléne che usciva di casa, molto arrabbiata, e stava fuori ore intere: rimasto solo, lo zio Ti imprecava e beveva, e quando lei tornava, volavano schiaffi e perfino dei pugni, ed Heléne aveva un occhio nero o i lividi sulle braccia per giorni e giorni, sotto gli sguardi curiosi e beffardi delle altre donne del villaggio. Quando succedeva, Aleya se ne stava nel suo angolo, a occhi chiusi, carezzando la bambola, e aspettava solo che finisse, come si aspetta che una tempesta di vento si plachi, o che un cane la smetta di abbaiare. Lasciava che tutto quanto le scivolasse addosso.

All'inizio zio Ti faceva come se Aleya non esistesse. Ma il tempo passava e cominciò a guardarla crescere con compiacimento: non poteva fare a meno di notare le sue gambe, tanto lunghe e belle, e la sua pelle liscia. Heléne, dopo mesi di urla e di botte, cambiò abitudini. Non andava più in città col camion, rifiutava di parlare con lei e tirava calci alla bambola, bestemmiando. Rimaneva l'intera giornata a letto, a bere dalla sua bottiglia. Zio Ti urlava più forte di prima e spesso la picchiava anche con un vecchio bastone, ma con Aleya invece sorrideva e le carezzava perfino la guancia. Aleya si occupò della sua unica bambola per un anno intero, finché non fu costretta a cambiare gioco.

Un giorno Heléne si alzò dal letto e uscì dalla porta, ma quella volta non tornò più. Zio Ti chiese in giro e minacciò tutti quelli che conosceva, gridò e bevve più del solito, ma poi finì per rassegnarsi. Cominciò a lasciare Aleya da sola nella capanna tutto il giorno. Tornava sempre più tardi, la sera, e portava roba già cotta, fredda e cattiva, che mangiavano in silenzio, con la rabbia che pesava nell'aria. Per molti giorni, dopo che Heléne se ne fu andata, finita la loro triste cena, lo zio Ti guardava Aleya che giocava con la bambola, serio e in silenzio. Una sera tornò con un gran sorriso e una veste nuova, rossa e con dei bei cerchi gialli, rubata chissà dove, e gliela dette, con aria di festa, perché l'altra non le stava proprio più. Ad Aleya erano venuti due seni duri e appuntiti, e quando indossò il vestito profumato rise anche lei, perché si vergognava, ma le stava bene e furono tutti e due contenti. Quella sera Aleya si addormentò felice sul suo materasso di paglia. Fu svegliata delicatamente dallo zio Ti, che la prese per mano e la portò nell'altra stanza, lontano dalla porta e dalla finestra, dove dormiva con Heléne prima che lei se ne andasse.

Le chiese di fare cose che lei non capiva. La carezzava, ma non più solo la guancia, e a lei non piaceva. Sembrava arrabbiato, zio Ti, malediceva di essere vecchio, ed era vero, aveva quasi cinquant'anni. Per rimediare alla sua debolezza, voleva costringerla a fare una cosa che proprio non le andava. Lei era abituata ad obbedire e a subire, ma quella volta fece di no con la testa e si mise a piangere, rannicchiata sul letto, con le braccia intorno alle ginocchia. Lo zio Ti divenne furioso e la prese a schiaffi, come non aveva fatto mai. Poi Aleya si sentì male, e alla fine andò al pozzo, nel cortile, e si lavò sotto gli occhi tristi delle donne del villaggio, che passavano per prendere l'acqua.

Quattro giorni e quattro notti dopo, zio Ti portò Aleya con sé in uno dei suoi giri misteriosi. Quando arrivava nei villaggi, donne e uomini cercavano di scappare, oppure si mettevano a piangere. Poi lui li costringeva a dargli dei soldi. Aleya chiedeva se quelle carte e monete erano per loro, ma lo zio Ti faceva cenno di no, di stare zitta, erano soldi dei padroni e le dava anche degli schiaffi. In certe case più ricche portava dei misteriosi pacchetti e poi ripartiva con altri, che consegnava in giro. Ma l'ultima meta, quella importante, era da Kha, un giovane potente, uno di quelli che smistavano i camion per i signori della guerra del villaggio più grande. Lo zio Ti, quando furono vicini alla casa di Kha, sistemò per bene la veste addosso ad Aleya, le sorrise e le carezzò la guancia, come faceva prima di cominciare a dormire con lei.

Anche lui cercò di mettersi in ordine, si lavò la faccia al pozzo e si abbottonò bene i calzoni. C'era il filo spinato intorno alla casa, e un ragazzo armato di guardia, che però li fece passare subito.

Marek

Una mattina lesse su un quotidiano che cercavano lavoratori per la raccolta di pomodori nel Sud Italia. Non era mai stato in Italia. Non era mai stato da nessuna parte, a dire il vero.

Telefonò subito al numero scritto in fondo all'annuncio, pieno di speranza. Rispose un uomo con la voce rauca. Disse che il lavoro non era poi così faticoso e la paga era buona, ma il viaggio doveva pagarselo da solo: costava cinquecento zloty. Il pullman partiva ogni domenica alle tre di mattina da una piazza della periferia Ovest di Cracovia e andava dritto nel Sud Italia.

Marek si fece dare l'indirizzo e corse da Bogumil. Lo salutò con un cenno, e aspettò con pazienza che nella panetteria non ci fosse nessuno.

«Vado in Italia» disse, appena l'ultima donna se ne fu andata.

«In Italia?» fece il suo amico, con le mani appoggiate sul bancone.

«Ho letto un annuncio...»

« E cosa andresti a fare? »
« Pomodori. »
« Sei sicuro di quello che fai? »
« Sicurissimo. »
« Pagano bene? » gli chiese Bogumil, con aria preoccupata.
« Molto bene, dicono. »
« E quando vorresti partire? »
« Subito... Ho solo bisogno di un po' di soldi per pagare il viaggio. »
« Un po' quanti? »
« Cinquecento zloty, più cinquecento da tenere in tasca... Te li rendo appena mi pagano. »
« Che? »
« Sei l'unico che può prestarmi quei soldi » disse Marek, fissando il suo amico negli occhi. Bogumil si passò una mano sulla faccia e tirò un gran sospiro.
« Quando ti servono? »
« Prima possibile. »
« Spero davvero che tu riesca a rendermeli. Non per me, per te » disse Bogumil scuotendo appena il capo.
« Grazie, sei un vero amico. »
« Non so se faccio bene a darti retta. »
« Te li renderò prima di quanto immagini. »
« Non vuoi ripensarci? »
« Devo farlo, se resto qui divento matto. »
« Va bene. Torna domani mattina. » Si salutarono

e Marek scappò via. Camminava in fretta, con il formicolio nelle gambe. Si guardava intorno, e la città dov'era nato e cresciuto gli sembrava diversa. Anche gli sguardi della gente non erano più gli stessi. Aveva l'impressione che tutti sapessero cosa lui stava per fare. Andò a dare la notizia a sua madre, che stava pulendo le scale di un grande palazzo del centro.

«Non andare, Marek.» Aveva le lacrime agli occhi.

«Mamma, stai tranquilla. Andrà tutto bene.»

«Non mi piace, non mi piace.» Gli accarezzava il viso.

«Ti manderò dei soldi e potrai lavorare di meno, o magari potrai smettere del tutto.»

«Non andare.»

«Ti prego, mamma...»

«Ho paura, ho paura.»

«Paura di cosa?»

«Non lo so, non lo so... ho paura...» Stava per mettersi a piangere.

«Dai mamma, non fare così. Porta sfortuna» disse Marek sforzandosi di sorridere.

«Quando parti?»

«Dopodomani.»

«Così presto?» disse sua madre inorridita. Marek la prese per le braccia e la scosse.

«Voglio vederti sorridere, mamma. L'Italia è un paese ricco.»

«Marek...»

«Pagano bene. Potrai comprare tutto quello che vuoi.»

«Non andare, Marek... Non andare...»

«Mi ringrazierai, mamma. Ora vado, devo fare la valigia.» Le dette un bacio sulla fronte e corse via. Si sentiva un leone.

Aleya

Zio Ti doveva avere un gran bisogno di soldi, perché si fece trattare da Kha e dai suoi aiutanti, tutti giovani e puliti, peggio di un cane. Ridevano continuamente e avevano gli occhi spalancati. A un certo punto gli sputarono perfino in faccia, ma lui sorrise, mostrando tutti i denti bianchi e facendo cenno di sì. Aleya non capiva quel che succedeva. Lo zio Ti non aveva certo nulla da offrire a quella gente: portavano gli occhiali da sole a specchio come i bianchi, fumavano sigarette e bevevano dalle bottiglie di liquori, mentre meravigliosi apparecchi radio sbattevano un suono martellante contro le tende, come scoppi ripetuti. Erano vestiti bene, alcuni in giacca e cravatta, altri con tute mimetiche come quelle dei militari americani, mentre lo zio Ti aveva solo il suo vecchio vestito e spesso stava a torso nudo. Ma quando gli diedero della polvere per il naso e lo fecero bere, lo zio Ti si mise a ridere come loro e gli colavano anche le lacrime. Aleya intuì qualcosa e si mise a tremare e a piangere: non sapeva bene il motivo, perché non provava niente per lo zio Ti, né l'aveva provato per Heléne o per qualsiasi altra donna o uomo o ragazzo, forse aveva voluto bene solo a sua madre, ma lei era morta tanto tempo fa, l'aveva abbandonata. Non se la ricordava quasi più.

Si fece buio all'improvviso, come sempre. Aleya cercò l'angolo più nascosto di quella grande casa e si mise seduta per terra, afferrandosi le gambe con le braccia. Sentiva solo la mancanza della sua bambola. Zio Ti andò via con un pacchetto di soldi americani e non si voltò nemmeno una volta, per salutarla.

Non le diedero da mangiare. Erano cinque e tutti giovani e forti. Le strapparono la veste e la misero sdraiata su un divano di pelle nera, che le bruciava sotto il sedere e la schiena. Non avevano certo bisogno di essere aiutati come lo zio Ti, quei cinque: ma le fecero fare ugualmente cose molto brutte, ancora peggiori. Si spaventò da morire, non riusciva più né a piangere né a gridare. Dopo la picchiarono, al punto che non sentiva nemmeno più il dolore. Singhiozzò tutta la notte, ma con la gola e gli occhi asciutti. Sentiva un male terribile davanti e dietro.

Dalla mattina dopo, invece, presero a trattarla bene: le davano da mangiare due volte al giorno. Era una casa vera, quella: avevano l'acqua e una stanza per fare il bagno, poteva lavarsi quando voleva. C'era una vecchia che veniva a pulire e a fare da mangiare. Non poteva parlarci, perché era una donna con gli occhi spenti dalla paura e stava sempre zitta. Erano in tanti a fare come lei, in quel villaggio dove transitavano le armi e gli aiuti europei: bisognava far finta di non vedere, perché bastava pochissimo per essere ammazzati come i gatti selvatici che venivano a rubare nelle capanne. I guardiani non sprecavano mai una pallottola, perché le munizioni costavano, e spesso spaccavano la testa dei ragazzi troppo curiosi col calcio dei fucili. Meglio non parlare: di nulla, nemmeno delle cose più innocenti, per sperare di continuare a vivere e a soffrire. La vecchia l'aveva imparato ormai da molto tempo: se Aleya cercava di dirle qualcosa, voltava il capo dall'altra parte. Appena aveva finito di lavorare, se ne andava subito, lasciandola sola.

Aleya stava bene, ma aveva qualcosa che le faceva male, nello stomaco, specie se provava a pensare ai suoi genitori. Non riusciva più a rivedere bene il viso della mamma, perché appena lo metteva un po' a fuoco, spuntavano quelli di Heléne e dello zio Ti. Imparò presto a capire che non era una malattia, quella che sentiva bruciargli nel ventre, ma il ricordo stesso, che la tormentava. Eppure non doveva lamentarsi: le persone buone, le avevano insegnato, erano quelle che mangiavano bene e vestivano eleganti, non chi aveva i pensieri.

Kha e i suoi tornavano sempre all'improvviso, a

qualsiasi ora. A volte si comportavano in modo strano: le toglievano la sua bella veste rossa e la mettevano nuda, in piedi, al centro della stanza. Loro stavano tutti intorno, la guardavano e commentavano: le sue gambe, tanto più lunghe di quelle delle altre ragazze, i suoi seni, i fianchi, il collo slanciato, il volto che dicevano fosse straordinariamente bello. Dopo aver parlato tanto, mormorando l'uno con l'altro nelle orecchie, inevitabilmente si eccitavano e allora la facevano sdraiare sul divano, e a volte la prendevano in due allo stesso tempo. Aleya si era rassegnata e aveva imparato ad accettarlo. Non le faceva più nemmeno così male. A volte stavano tutti via, per un giorno e una notte interi, e lei si sentiva libera, anche se la chiudevano dentro a chiave, e fuori c'erano sempre almeno due sentinelle armate.

Marek

Quando il pullman partì non era ancora l'alba. Cracovia dormiva sotto un cielo nero affogato di nuvole. Quaranta ombre sedute in silenzio, con lo sguardo fisso alla notte. Erano tutti uomini. Avevano pagato cinquecento zloty a testa per il viaggio, appena saliti sul pullman. Li avevano dati a un tipo con il cappotto nero, che se n'era andato subito dopo senza dire una parola. Le valigie e gli zaini erano stati infilati dentro i grandi portelloni laterali, e l'avventura era cominciata. Mille e ottocento chilometri per andare a raccogliere pomodori.

Qualcuno si mise subito a dormire. Altri mangiavano. A poco a poco nel silenzio si sentì anche parlottare. Marek aveva appoggiato la testa al vetro e guardava le rare luci che galleggiavano nel buio. Aveva accanto un uomo sui cinquanta che russava a bocca aperta.

Quella notte si era svegliato alle tre, anzi non aveva nemmeno dormito. Alle due e mezzo si era sforzato di mangiare qualcosa in cucina, senza riuscire a sedersi. Dopo una grande tazza di caffè aveva portato lo zaino accanto alla porta. Era rimasto a lungo con sua madre tra le braccia, accarezzandole i capelli come non aveva mai fatto. Prima di quel momento un gesto del genere lo avrebbe messo in imbarazzo, ma adesso...

« Ti telefono presto, mamma. »

« Sì... »

« Non stare in pensiero. »

« No, sto bene... sto bene... » La voce le tremava, ma si sforzava di apparire serena. Non voleva separarsi dal suo unico figlio piagnucolando come una bambina. Dopo un ultimo abbraccio si erano staccati, e Marek si era avviato giù per le scale. Prima di imboccare la seconda rampa si era girato un'ultima volta per salutare quella povera donna. L'ultima immagine che aveva di lei era ancora davanti ai suoi occhi: un viso bianco, quasi trasparente, un sorriso lugubre che lottava con il pianto, una mano sformata dalla fatica che oscillava in aria come morta.

Non doveva pensarci. Meglio guardare avanti. L'Italia, i pomodori, i soldi. Solo quello contava, per il momento. Un passo per volta. Ce l'avrebbe fatta. Doveva solo imboccare la strada giusta. Andava bene anche cominciare dal basso, dai pomodori. Per distrarsi si mise a pensare a tutto quello che si poteva fare con i pomodori. Chissà com'erano buoni, appena staccati dalla pianta, caldi di sole.

Lentamente salì dall'orizzonte una luce verdognola che invase il cielo, e qualche minuto dopo era giorno. Qua e là nella pianura si vedevano case sparse e villaggi. Nei campi c'era già qualche contadino assonnato che si avviava verso il trattore, e alcune mucche che ruminavano tranquille. Sulla strada cominciavano a circolare macchine e motorini, e anche qualche camion. L'autista suonò il clacson e frenò di colpo, per lasciar passare un gregge di pecore che senza fretta attraversava la strada. Ci furono delle risate, e ripartirono.

Marek chiuse gli occhi per cercare di dormire, ma non ci riusciva. Aveva nella mente troppi pensieri. Cercava di immaginare il suo arrivo in Italia, il lavoro nei campi sotto il sole. La fatica non lo spaventava, ci era abituato. Ma non voleva fare per sempre quella vita. Con un po' di fortuna avrebbe trovato lavori sempre migliori, con paghe sempre più alte. L'importante era non spendere. Doveva mettere da parte più soldi possibile. Non poteva certo sperare di mettere su famiglia senza un soldo. Sua moglie e i suoi figli dovevano vivere comodamente, senza la preoccupazione del domani. Lavorare e guadagnare, per adesso non voleva occuparsi di nient'altro. Era solo quel pensiero a tenerlo in piedi. Un bel giorno sarebbe tornato a Cracovia e avrebbe aperto un'officina, oppure un piccolo ristorante. Avrebbe conosciuto una bellissima ragazza e si sarebbe sposato. Magari prima di trovare la donna giusta ne avrebbe provate molte, pensò sorridendo. Ma prima o poi sua madre sarebbe diventata nonna, avrebbe smesso di lavorare e si sarebbe finalmente goduta la vita.

Aleya

I ricordi le facevano sempre più male, e un giorno le venne l'idea di ammazzarsi, per cancellare in un colpo solo lo zio Ti, Heléne, Kha e i suoi. C'erano dei bei coltelli lunghi e brillanti, nei cassetti del grande tavolo dove mangiavano tutti insieme. Ne aveva preso uno e se l'era messo contro la pancia, poi aveva provato a spingere. Era uscito un po' di sangue, aveva sentito tanto male, ma poi non aveva trovato la forza per andare fino in fondo e si era messa a vomitare. Da una finestra l'avevano vista, erano entrati e le avevano spaccato il labbro con un pugno, perché imparasse. Il segno le era rimasto, simile a un ricciolo, e non sarebbe andato più via: ma non la faceva più brutta, anzi, la rendeva particolare. Da allora non ci aveva più provato. Girava per la casa e pensava a quanto sarebbe stato bello sbattere le braccia, volare fuori dalla finestra e andare fino al mare: c'era stata solo una volta, al porto, con i suoi genitori, prima che morissero. L'acqua verde le era sembrata un prato liquido, e anche a quell'epoca avrebbe voluto entrarci dentro e correre fino a sparire: l'avevano ripresa all'ultimo momento, ed aveva solo otto anni, sette anni prima.

Aleya restò con la banda di Kha per tre mesi interi. Rimase incinta e venne una donna dalla città che le infilò dei ferri e la fece abortire, ma ebbe un'emorragia che durò un giorno e una notte. Era fredda e sudava, sperò tanto di morire, ma non le riuscì nemmeno quella volta e si rimise subito in piedi. Cercò tante volte di darsi da fare, almeno di aiutare la vecchia a pulire la cucina, per non restare sempre ferma, ma se la trovavano a lavorare la picchiavano, perché si erano fatti venire delle strane idee. Cominciarono infatti a portarle degli uomini, di tutti i tipi e di tutte le età, che quando la vedevano sembravano sorpresi come se fosse chissà che. Kha era convinto che se lei avesse puzzato di fatica, quelli non l'avrebbero voluta, ma Aleya sapeva che per andare con lei avrebbero fatto qualunque cosa, fosse stata anche sporca di sterco. Lo capiva da come la guardavano.

Imparò a fare in modo che con gli uomini durasse il meno possibile, perché ogni volta sentiva il male nello stomaco, e non lo sopportava. Con i giovani (venivano anche dei ragazzi, quasi della sua età) era facile: bastava poco e quelli andavano subito via, contenti. Coi vecchi aveva imparato a lavorare con pazienza. Era più difficile non pensarci, ma se chiudeva gli occhi e si dava da fare finiva abbastanza presto anche con loro, e lei poteva pensare ad altro, a quel ricordo del mare per camminarci dentro, che le sembrava una favola. E magari a trovare un sistema spiccio per ammazzarsi. Per tre mesi interi ci pensò sempre, a un modo per morire, un modo sbrigativo ed efficace, per finire senza che quelli arrivassero prima e la picchiassero.

Marek

Quando mancava poco a Bratislava si fermarono lungo l'autostrada a mangiare qualcosa e a sgranchirsi le gambe. Il cielo si era un po' aperto, e il sole che illuminava a tratti la pianura e le basse colline dava coraggio.

Dopo nemmeno mezz'ora ripartirono. Alcuni si misero a cantare vecchie canzoni, stonati come campane. Sembrava che andassero a fare una gita di piacere. Un ragazzo magro come un palo si alzò e si mise a ballare, facendo ridere tutti. Vennero accese molte sigarette, ma il fumo usciva via a folate dai finestrini aperti.

Marek continuava a guardare fuori, ignorando tutti. Campi, colline, boschi, strade, villaggi, montagne... ma negli occhi non gli restava nulla. Non faceva che oscillare tra il passato e il futuro, scivolando tra ricordi e speranze con il rumore del motore che gli ronzava nelle orecchie. Finalmente sentì gli occhi che si chiudevano, ma in quel momento il tipo che aveva accanto gli toccò un gomito e borbottò qualcosa. Marek fece finta di nulla, non aveva voglia di parlare con nessuno. Ma il tipo insisteva e alla fine si voltò a guardarlo.

« Sei sposato? » disse il tipo. Aveva la faccia quadrata e due occhi tristi che cercavano di sorridere.

« No » disse Marek, e si voltò di nuovo a guardare la campagna. Il tipo gli strinse di nuovo il gomito.

« Io sì, sono sposato. Ho quattro figli, il più grande ha ventisei anni e lavora in Germania. Gli altri per fortuna sono ancora a casa. Stanno venendo su bene. Voglio farli studiare, voglio che diventino dottori. Brutta cosa stare lontano dalla famiglia. Sei già stato in Italia? »

« Mai. »

« Io sono stato in Francia, da ragazzo. Ho lavorato sei anni in una piccola fabbrica di scarpe in Provenza.

Mi sono intossicato con i collanti e sono dovuto tornare a casa. Per fortuna ho trovato lavoro a Cracovia, come autista di bus per il comune. È andata bene fino a pochi mesi fa, poi senza un motivo mi hanno licenziato. »

« Mi dispiace. »

« E così me ne vado in Italia a raccogliere pomodori. L'Italia è vicina all'Africa, ci sarà un bel sole. Anche tu hai letto l'annuncio sul giornale? »

« Sì. » Non vedeva l'ora di ritrovare la sua solitudine.

« Speriamo che sia un lavoro come si deve. Ne ho sentite dire di belle, sull'Italia. È vero che a volte uno se le cerca, ma non è sempre così. Un cugino di mia moglie è finito in galera per una sciocchezza, e prima di venirne fuori ha dovuto sputare sangue. È successo una decina di anni fa, a Torino... o forse era Genova? Comunque quando non sei nel tuo paese è bene chinare la testa e fare finta di nulla, anche quando hai ragione. A meno che tu non sia ricco sfondato. Se sei ricco nessuno ti tocca, in Italia » e rise, come se avesse detto una cosa spiritosa.

« Succede dappertutto, non solo in Italia » disse Marek, e subito si pentì di aver dato spago a quel chiacchierone. Poveraccio, si vedeva che era triste. Ma ognuno aveva i propri affanni, e in quel momento Marek voleva solo starsene in silenzio a guardare fuori dal finestrino. Il tipo non aveva ancora finito.

«Mio cognato è mezzo francese, suo nonno era normanno. Lui c'è stato, in Italia. Mio cognato, dico. Faceva su e giù per conto di una fabbrica di bottoni. Sembrano una cosa da nulla, i bottoni, eppure c'è chi ci fa dei gran soldi. Insomma mio cognato dice che l'Italia è un paese di ladri, che laggiù sono più o meno tutti come il gatto e la volpe di Pinocchio. Hai mai letto Pinocchio?»

«No, ma so chi è.»

«Se avevi dei figli, Pinocchio lo avevi letto di sicuro. Io l'avrò letto a voce alta almeno quaranta volte, e non mi sono mai annoiato. A dire il vero è un libro da grandi, più che da bambini. La sai la storia del gatto e la volpe?»

«Una volta la sapevo...»

«Il gatto e la volpe erano due furboni che convinsero il povero Pinocchio a seppellire delle monete d'oro, facendogli credere che...» Marek non ascoltava più. Nelle sue orecchie il mormorio di quel povero cristo si mescolava al rumore del motore. Una litania che aveva qualcosa di infernale. Chiuse gli occhi e lasciò che il capo fosse libero di oscillare con i movimenti del pullman. Il tipo continuò a raccontare la storia del gatto e la volpe, soffermandosi sui particolari e commentando. A quanto sembrava non aveva bisogno di essere ascoltato, gli bastava parlare... e Marek si accorse che adesso quel mormorio gli faceva addirittura piacere.

Finalmente si addormentò, o almeno riuscì a non fare più caso al tempo. Nella mente gli passavano immagini di epoche lontane, quando era ancora vivo suo padre. Una volta erano andati in campagna dai nonni paterni e vicino all'orto avevano costruito una casetta piccolissima con veri mattoncini e vero cemento. Lui si sentiva orgoglioso di fare da manovale a suo padre, che gli dava ordini come si faceva nei cantieri. Ce l'aveva ancora davanti agli occhi quella piccola casa. Era bellissima, con i muri a piombo. Aveva addirittura il comignolo sul tetto. Chissà se c'era ancora, o se era stata buttata giù. Qualche anno dopo il nonno era morto, e la nonna aveva dovuto lasciare la casa in campagna per fare posto a una giovane famiglia di contadini. Per un po' aveva vissuto con loro, poi anche lei era morta. Di dolore, diceva suo padre.

Quando si svegliò erano in Austria, a pochi chilometri da Graz. Il sole picchiava forte, e dai finestrini aperti entrava un vento caldo. Marek era in un lago di sudore. Il tipo accanto a lui dormiva con la bocca mezza aperta e le braccia incrociate strette sul petto, come se avesse freddo. Il pullman correva lungo un'autostrada senza buche, lasciandosi sorpassare da macchine costose. La campagna era ordinata, le colline erano verdi e disseminate di villette. Erano appena a metà del viaggio.

Passarono tre mesi e piano piano Aleya ad ammazzarsi non ci pensò più, perché aveva trovato il modo per fare tutto quello che volevano senza essere davvero lì. Quando si stendeva sul materasso, e gli uomini le ansimavano sopra, pensava al prato verde e liquido, ci infilava i piedi e poi camminava lentamente, con l'acqua che le accarezzava le cosce e poi la pancia e il petto, e quando arrivava agli occhi era tutto finito, e l'uomo il più delle volte era già di nuovo in piedi. Era arrivata quasi a stare bene, nonostante i dieci uomini al giorno che le imponevano: le avevano portato delle medicine e non restava più incinta; e anche delle creme e delle bottiglie di acqua rosa, con cui si lavava e che la facevano stare un po' meglio.

Ma quando tutto sembrava avviarsi a diventare un'abitudine senza troppo dolore, subentrò un nuovo cambiamento. Anche quella volta, successe tutto all'improvviso. Un pomeriggio, la vecchia delle pulizie era appena andata via, arrivarono come al solito i cinque e si misero a ridere fra loro, toccandosi e guardandola in uno strano modo. Aleya si aspettava che le facessero togliere la veste e la gettassero sul divano, ma quella volta i cinque erano davvero strani, non facevano né dicevano nulla. Quando incontravano il suo sguardo ridacchiavano e abbassavano gli occhi. Sembrava che aspettassero qualcosa o qualcuno di importante. E infatti dopo un po' si udì il rombo di un motore, Aleya guardò fuori dalla finestra e vide arrivare un'automobile: era una macchina nera e grande, simile a un furgone, ma lucidissima e coi vetri oscurati, qualcosa che non aveva mai visto prima. Ne scesero due uomini di mezza età, veramente ben vestiti, molto meglio anche di Kha quando aveva dei soldi freschi e voleva farlo sapere a tutti. Non aveva mai visto dei neri tanto ricchi. Con loro c'era anche un bianco, vestito di cotone, che sudava e aveva una grande borsa marrone.

La porta si spalancò e i tre uomini entrarono, senza nemmeno guardare Kha e i suoi. Le fecero paura, perché avevano uno sguardo freddo come la pietra e perfino l'europeo che era con loro sembrava essere in soggezione. Kha era tutto sorrisi e voleva dar l'impressione ai suoi di essere alla pari degli ospiti appena arrivati, ma quelli trattavano lui e la sua banda come straccioni. Aleya capì che stava succedendo la stessa cosa di quando lo zio Ti l'aveva portata via dalla loro capanna di lamiera per portarla da Kha: i due neri di mezza età e il bianco avrebbero speso dei soldi per lei, stavano per farle salire un altro scalino, e allora sentì il solito male allo stomaco, perché qualsiasi cambiamento era per lei insopportabile.

I tre non vollero provarla, nonostante l'insistenza servile di Kha. La fecero spogliare, la guardarono bene e annuirono senza parlare. Aleya sapeva che gli uomini la trovavano molto adatta a quel lavoro, perché era sempre più alta e liscia e con forme diverse da quelle delle ragazze che a volte vedeva passare, quando guardava dalla finestra. E doveva avere anche qualcosa di diverso nella faccia, perché perfino Kha, quando le si avvicinava, all'ultimo momento abbassava lo sguardo. E lo fecero anche quei tre: il bianco addirittura spalancò gli occhi, aveva un'aria di grande meraviglia. Si mise una strana cosa nelle orecchie e le appoggiò sul petto un disco metallico freddissimo, appeso ad un tubicino di gomma nera. Mentre le batteva il petto con le dita, vide che tratteneva il respiro e la fronte gli diventava umida di sudore. Poi la fece stendere sul divano e le aprì le gambe, ma invece di fare con lei quello che facevano sempre tutti gli altri, la ispezionò dovunque, con dei ferri che aveva tirato fuori dalla sua borsa marrone. La faccia stupita di Aleya si tramutò in una smorfia di dolore quando il bianco, armeggiando con un ferro freddissimo, le fece anche più male di quando veniva un gigante dal porto della città, quasi la spaccava in due. Il bianco aveva il respiro grosso, quando finì. Disse agli uomini di mezza età di sì, che la ragazza era a posto. Aleya non capiva le sue parole, perché parlava una lingua dei bianchi, ma il senso era chiaro. Il nero più vecchio fece un cenno con la mano, per dire che allora anche a lui andava bene, e Kha si mise a ridere rumorosamente, insieme ai suoi, eccitato dalla prospettiva dei soldi. L'uomo di mezza età si avvicinò ad Aleya e le sorrise. Non doveva essere cattivo, perché le diede una busta di plastica e dentro c'era un vestito: non una semplice veste colorata, come quella rossa e gialla che le aveva dato zio Ti, ma un abito di taglio europeo, cucito, stretto in vita, con una gonna. Nella busta c'erano anche delle scarpe, con il tacco alto. Aleya le provò e le stavano un po' larghe, ma si sentì quasi una regina, e avvertì che intorno a tutti gli uomini in quella stanza aleggiava qualcosa di particolare, una specie di fremito.

La portarono fuori dalla casa e la caricarono in macchina, sotto gli sguardi stupiti delle sentinelle: dentro l'automobile, che non era davvero un furgone ma qualcosa di gran lusso, con le ruote enormi e brillanti come l'argento, c'era l'aria fresca e le sembrava una cosa da principi. Ma mentre vedeva alzarsi la polvere e la casa di Kha che spariva in lontananza, nonostante il bel vestito, le scarpe e gli sguardi di ammirazione di quei suoi nuovi padroni, non poteva fare a meno di sentire il male che il bianco le aveva fatto frugando a lungo nel suo ventre.

Marek

Fecero un'altra sosta in Italia, in un'area di servizio poco dopo il confine. Scesero dal pullman con le gambe indolenzite, frastornati dal viaggio. L'aria era calda, e puzzavano di sudore. I parcheggi erano pieni di macchine costose. Si avviarono in gruppo verso il bar sbirciando le donne mezze nude. Si misero in coda alla cassa. La gente li guardava con diffidenza, per non dire con disprezzo. Per avere rispetto ci volevano i soldi, come dappertutto. Marek provava un umiliante senso di vergogna, che cercò di trasformare in orgoglio senza riuscirci.

Il caffè era così buono che tutti ne presero un altro. Il giovane barista li serviva senza nessuna gentilezza, con aria schifata. Di fronte a quei disgraziati doveva sentirsi un principe, e voleva farlo sapere a tutti. Non doveva capitargli spesso di vedere qualcuno che se la passava peggio di lui. Che andasse al diavolo.

Si rimisero in viaggio. L'atmosfera era cambiata. Nessuno aveva voglia di scherzare. Qualcuno tirò fuori una bottiglia di vodka. Dopo una mezz'ora passarono sotto un cartello dell'autostrada dove c'era scritto: Venezia 52 km, e nel pullman ci fu un mormorio. Anche Marek era emozionato. Venezia l'aveva vista parecchie volte alla televisione, nei film, in fotografia. Quelle strane barchette che giravano in mezzo alla città lo avevano sempre affascinato. Forse un giorno ci sarebbe andato, a Venezia. Magari a passare una bella vacanza con sua moglie e i suoi figli. Un giro nei canali, un ristorantino dove si mangiava bene. E la sera avrebbe letto ai bambini la storia di Pinocchio…

Si sentì toccare una spalla e si svegliò con un sussulto. Per almeno dieci secondi non riuscì a capire dove fosse e cosa stesse succedendo. Si era addormentato di nuovo, questa volta sul serio. Era uscito da uno di quei sogni senza senso che si ripetono all'infinito. Si voltò verso il finestrino, e vide che fuori era notte. I suoi compagni di viaggio erano in piedi nello stretto corridoio tra i sedili e stavano scendendo a terra.

«Siamo arrivati?» chiese al più vicino, frenando uno sbadiglio.

«Non ancora.»

«Dove siamo?»

«Boh...»

L'autista aveva detto che di lì a poco sarebbe venuto a prenderli un altro pullman. Era la sola frase che aveva pronunciato da quando erano partiti. Marek scese per ultimo. Si affacciò dentro il bagagliaio e raccattò il suo zaino, gonfio da scoppiare. Erano in una piazzola sterrata appena illuminata da un lampione, lungo una strada dritta e larga che spariva nel buio. Lontano si scorgevano alcune fabbriche. Il pullman ripartì vuoto e loro rimasero soli, con i bagagli tra i piedi. Sopra le teste saliva lento il fumo delle sigarette, che l'aria ferma lasciava stagnare. Anche se era notte faceva un gran caldo. Sulla strada correvano macchine a tutta velocità e qualche mezzo pesante. Si sentiva di continuo il rumore degli schiaffi che cercavano di schiacciare le zanzare. Qualcuno rideva, per farsi coraggio. Molti ne approfittarono per vuotare la vescica e le budella.

« Dove siamo? » chiese Marek.

« Tre ore fa siamo passati vicino a Roma » disse uno di loro.

Dopo una lunga mezz'ora si fermò nella piazzola un pullman più vecchio dell'altro, e rimase con il motore acceso. Scese un uomo con il cappello. Alzò una mano per salutare, e a gesti fece capire agli uomini che dovevano salire. Valigie e borsoni furono di nuovo ammassati dentro il vano portabagagli, in silenzio. Appena l'ultimo fu entrato, il pullman partì. L'uomo con il cappello andò a sedersi accanto all'autista e si mise a parlottare con lui. Accanto a Marek c'era un altro, adesso. Un ragazzo con i capelli cortissimi che fissava il vuoto. Le sue labbra si muovevano appena, come se stesse pregando.

Quanto mancava ancora? Non ne potevano più di stare seduti a respirare il puzzo del loro sudore. Imboccarono uno stradone che passava in mezzo a capannoni illuminati. Lungo i bordi c'erano decine di puttane, tutte nere, e nel pullman si levarono delle voci. Marek ne vide una giovanissima e bella, con una gonna così corta che poteva sembrare una cintura. Fece appena in tempo a cogliere un lampo del suo sguardo, che dietro al sorriso nascondeva una luce funerea. Schiacciò la guancia contro il vetro per continuare a guardarla, desiderandola come un innamorato. Un minuto dopo gli sembrava già un ricordo lontano, e si costrinse a non pensarci più. Era la solitudine a farlo sognare in quel modo, pensava.

Entrarono in autostrada e il pullman accelerò. Faceva un rumore d'inferno. Marek chiuse gli occhi e cercò di dormire, per dimenticare tutto. Ma gli scossoni del pullman lo facevano sobbalzare sul sedile, e dietro di lui c'erano due che parlavano a voce alta. Il caldo era insopportabile. Nemmeno i vetri aperti riuscivano a dare sollievo.

Marek si sentiva a pezzi, come tutti gli altri. Il viaggio sembrava non dovesse finire mai. Si mise a guardare fuori dal finestrino, pensando a sua madre. Chissà se almeno lei stava dormendo. Prima di allora non si erano mai separati per più di due giorni. Presto le avrebbe mandato un po' di soldi e sarebbe riuscito a tranquillizzarla. Povera donna. Aveva poco più di cinquant'anni e sembrava una vecchia. Nella sua vita non aveva fatto altro che pulire lo sporco dei signori.

Si lasciò andare ad altri pensieri, per non cadere nell'angoscia. Gli venne in mente Sophia, l'ultima ragazza che aveva avuto. Bionda, massiccia, con lo sguardo rassegnato. Solo mentre facevano l'amore le scappava qualche sorriso. Erano stati insieme pochi mesi. Poi lei se n'era andata nel Sud della Francia a fare la cameriera in un albergo, dove già lavorava sua cugina. Non l'avrebbe mai più rivista.

Carnigliola km 22

Il cartello apparve nel buio e un attimo dopo sparì. Il pullman era uscito dall'autostrada, e Marek non se n'era nemmeno accorto. Quanto tempo mancava ancora? Non sopportava più di avere quel rumore nelle orecchie e di sentirsi sballottare. Sognava un letto dove poter morire per qualche ora. Il ragazzo accanto a lui dormiva, con il mento conficcato nel petto.

Marek voleva alzarsi per andare a chiedere all'uomo con il cappello quanto mancava all'arrivo, ma proprio in quel momento il pullman imboccò una strada sterrata piena di buche. Più avanti si vedeva una luce. Poco dopo si fermarono di fronte a basse costruzioni in mattoni, con il tetto di plastica ondulata. Scesero tutti. Erano arrivati.

Aleya

Aleya fu portata nella città del porto all'inizio della stagione buona. L'unico ricordo di quel posto, con le case di pietra e di ferro, risaliva a quando aveva sei anni. Cercò di nuovo, inutilmente, di mettere a fuoco il volto di sua madre, ma ormai non le riusciva più: ogni ricordo era rovinato dallo zio Ti e da tutti gli uomini che erano venuti dopo di lui. La portarono in una grande casa, dove c'erano tante ragazze come lei. Dall'odore capì subito dove si trovava e cercò di figurarsi il suo futuro. Ma sbagliava, non sapeva i piani che avevano per lei. Non la misero mai a lavorare per gli equipaggi che sbarcavano continuamente dalle navi del contrabbando: le altre ragazze si schiantavano di fatica, facevano anche venti marinai ognuna, lei invece, per quattro giorni, mangiò e dormì e non dovette fare nulla.

Il quinto giorno la portarono in una camera, dove c'erano un vero letto e dei mobili di legno. Venne il nero più anziano e gentile, quello che le aveva dato il vestito, insieme a un bianco, che da come lo trattavano doveva essere un europeo importante. Lui la guardò, sorridendo, poi si voltò verso il nero e fece sì con il capo. Aleya si tolse l'abito e si sdraiò sul letto. Il bianco non aveva grandi pretese, fu una cosa piuttosto svelta: sembrava più che altro che la stesse giudicando. E doveva essergli piaciuta molto, perché poi la carezzò a lungo, quasi le volesse bene. Il giorno dopo il nero le portò altri quattro bianchi, tutti di mezza età e simili al primo. Aleya capì subito che anche quella era gente ricca e importante. Questi volevano le stesse cose che era costretta a fare con Kha e con i suoi, anzi la trattavano in modo addirittura più cattivo: sentì di nuovo male, quando la presero in due. Uno aveva anche una cinghia di cuoio, sottile e lunga, se la girò intorno alla mano e si avvicinò a lei con un gran sorriso, ma l'altro lo fermò: parlava nella lingua dei bianchi, però Aleya intuì che non voleva la sciupasse.

Il giorno dopo ancora, di prima mattina, le tolsero il vestito e le dettero uno straccio simile a quello che aveva da bambina. La portarono quasi di peso fuori dalla camera dove adesso dormiva da sola e la fecero salire in una macchina. Vide le banchine del porto, i marinai, le navi. Gli odori forti del mare, del pesce e della nafta la prendevano allo stomaco, ma ad Aleya in fondo piaceva, era qualcosa di diverso e di nuovo, le sembrava di vedere la vita vera, una cosa che non conosceva affatto. L'automobile si fermò davanti a una barca che sembrava molto vecchia, piena di ruggine e con macchie nere che colavano lungo lo scafo. Sentì rimbombare le voci di mille persone, mentre un portellone si apriva e la spingevano dentro, nell'antro oscuro, come fosse una bestia. Sulla soglia si irrigidì, non voleva entrare in quella caverna, perché aveva paura e le faceva schifo, ma la buttarono dentro a calci.

Aleya non riusciva a capacitarsi del cambiamento. Si era abituata ad essere trattata in modo quasi umano: sia Kha che i suoi nuovi padroni le avevano tirato poche sberle, quando faceva cose che proprio non doveva, come cercare di tagliarsi le vene. Delle botte le era rimasto solo il ricciolo sul labbro, come ricordo. Ma le avevano dato da mangiare, non le avevano permesso di lavorare, l'avevano perfino vestita bene. Ora invece la spingevano, vestita di stracci, nella pancia di una nave lurida e puzzolente, insieme a centinaia di persone, uomini, donne e anche bambini. Si accorse con orrore che nel buio, molti di quelli più piccoli cadevano e venivano calpestati. I corpi dei passeggeri erano stretti fra loro come se fossero chiusi in un sacco per essere gettati in mare. Erano così tanti che i marinai ne fecero scendere alcuni, a forza di pugni e pedate. Aleya non capiva: quei fortunati, invece di essere contenti di tornare a casa, piangevano e protestavano, non volevano tornare a terra. Lei, invece, era stata caricata contro la sua volontà. Ma si rese anche conto, per la prima volta, di non avere una volontà propria: da tanto tempo, forse da sempre, di certo da quando lo zio Ti l'aveva presa con sé, nella vecchia capanna di lamiera.

Marek

L'uomo con il cappello aspettò con pazienza che i nuovi arrivati recuperassero il bagaglio, fumando un sigaro puzzolente. Sotto la luce giallastra del lampione turbinavano nuvole di zanzare inseguite da grossi pipistrelli. Gli uomini sembravano fantasmi. Nessuno parlava. Il sudore colava abbondante e i vestiti si attaccavano alla pelle. Là intorno nella penombra, vicino all'ingresso delle baracche, si scorgevano figure silenziose appoggiate a un palo o sedute sopra un'invisibile panca.

Quando i polacchi furono pronti, l'uomo con il cappello si fece consegnare da ognuno il documento d'identità. Serviva per compilare il contratto di lavoro, disse. Li mise tutti in uno zaino e li consegnò a un ciccione che se ne andò sopra una vecchia Fiat. Poi l'uomo con il cappello guidò i polacchi fino a una delle baracche. Spinse la porta e accese una lampadina fioca che pendeva dal soffitto. Entrarono tutti. Il caldo era soffocante. Nello stanzone puzzolente di sudore c'era solo una lunga fila di letti a castello, e Marek pensò alle baracche di Birkenau. Letti vuoti, a prima vista. Ma nella penombra cominciarono ad apparire degli occhi e si sentì mormorare qualche bestemmia assonnata, in polacco.

L'uomo con il cappello ignorò le proteste e continuò a fumare il suo grosso sigaro, guardando distrattamente i nuovi arrivati che si sceglievano un letto. Poi si mise a fare una telefonata con il cellulare. Marek non aveva più un cellulare. Glielo avevano rubato due volte e alla fine era stato costretto a fare senza. Meglio così, era una spesa in meno.

Arrivò un altro tipo, un polacco grasso con l'aria del capo e la faccia lucida di sudore. Su una guancia aveva una voglia rossastra che sembrava un'ustione. Disse che si chiamava Stefan e che anche lui aveva raccolto pomodori, un tempo. Scacciandosi le zanzare sulle braccia si mise a spiegare come funzionavano le cose. Primo: a comandare in quelle baracche era lui. Secondo: ogni mattina a decidere chi andava a lavorare e dove era lui. Terzo: per il letto ognuno doveva pagare cinquanta euro al mese, circa centosettantacinque zloty. Ci fu un mormorio, e il caporale alzò la voce. Pagamento anticipato, aggiunse. Aspettò di avere in mano i soldi di tutti, e dopo esserseli infilati in tasca continuò. Quarto: l'orario di lavoro era dalle sei di mattina alle dieci di sera, con una pausa di mezz'ora per mangiare. Quinto: la paga era di trenta euro al giorno, ma cinque euro toccavano a lui. Sesto: il viaggio fino al campo costava altri cinque euro a testa al giorno, compreso il ritorno. Settimo: il giorno dopo i nuovi arrivati avrebbero cominciato a mezzogiorno, per avere il tempo di riposarsi dopo il viaggio. Fece una lunga pausa, e nei suoi occhi passò un lampo di fredda generosità.

« Ora sapete tutto » disse, per concludere. Calò il silenzio, e il caporale Stefan rimase a fissare gli uomini con uno sguardo che non invitava al dialogo. Nessuno ebbe la forza di lamentarsi, erano troppo stanchi. Dopo un'ultima occhiata alla truppa il caporale uscì dalla baracca, seguito dall'uomo con il cappello. Benvenuto in Italia, pensò Marek.

« Com'è il lavoro? » chiese uno dei nuovi.

« Domani lo vedi » rispose uno di quelli che erano stati svegliati.

« Hanno detto che firmiamo un contratto. »

« Certo, come no. »

« Ma ci hanno preso i documenti per quello... »

«Non li rivedi più fino a settembre, i documenti» disse un ragazzo, sorridendo con amarezza. Ci fu un lungo secondo di silenzio, carico di tensione. Nella penombra saettavano sguardi.

«E che se ne fanno dei nostri documenti?» chiese Marek.

«Se la polizia ti trova senza documenti ti rimandano a casa a calci nel culo... Ecco cosa se ne fanno.»

«Sei pazzo?»

«Lo vedrai se sono pazzo.»

«Dove lo trovo un cesso?» chiese un ragazzo giovanissimo, con gli occhi spauriti.

«Esci fuori, tutto quello che vedi è il cesso» disse una voce assonnata. Qualcuno riuscì anche a ridere.

«Cazzo, volete lasciarmi dormire...» disse un'altra voce, e tutti fecero silenzio.

Per una mezz'ora ci fu un po' di movimento dentro e fuori dalla baracca. Le ombre vagavano alla ricerca di un posto appartato per fare i bisogni, fumavano sigarette, bevevano un sorso di vodka per aiutare il sonno, ma l'alcol faceva sudare ancora di più.

Finalmente si sdraiarono tutti e la luce venne spenta. Le zanzare non davano tregua, ma dopo un po' qualcuno si mise a russare. I materassi erano logori, puzzavano di mille sudate e di piscio. Non era quello il letto che Marek aveva sognato durante il viaggio. Si girò su un fianco. Se l'aria della notte era così calda chissà come doveva essere di giorno. Gli era capitata una brandina in alto. Si era tolto la camicia sporca e se l'era arrotolata sotto la nuca per usarla come cuscino. Grosse gocce di sudore gli colavano dalla fronte e dal petto. Da fuori filtrava appena la luce del lampione, e poco dopo riuscì a distinguere i contorni delle cose. Erano le due e mezzo. Solo ventiquattro ore prima aveva abbracciato sua madre sulla porta di casa, e adesso era qui. Era in Italia, nella ricca Italia.

Aleya

La nave partì e c'erano fumi che toglievano il respiro, un gran rumore e il pavimento che si muoveva come durante il terremoto, al villaggio. Aleya vomitò tutto quello che aveva nello stomaco e poi anche roba gialla e acqua; svenne parecchie volte, ma non riuscì mai a sdraiarsi, non c'era spazio. Non ebbero nulla da mangiare, solo dell'acqua che calavano da una botola. Durante questa operazione, riuscì a dare un'occhiata in coperta: c'era altrettanta gente, stretta come loro, solo che invece che nel ventre umido e puzzolente della barca erano sotto il sole a picco, a cuocersi. Erano così tanti che Aleya si chiese come facesse la nave a non affondare. Parlavano vari dialetti, molti erano diversi dal suo. Qualcuno le disse che andavano in Germania, ma lei non sapeva il significato di quella parola. Il viaggio fu lungo, ogni tanto gli uomini dell'equipaggio aprivano le botole e il sole filtrava nella stiva. Il rumore delle macchine la tormentò ininterrottamente per i due lunghissimi giorni di viaggio, poi cessò ad un tratto e udì solo il mormorare della gente e le strida dei gabbiani. Furono spalancati tutti i boccaporti e le botole, ed entrò un vento fresco che per Aleya significò rinascere: era scossa da brividi, forse aveva la febbre, ma era come se fosse stata in visita alla terra dei morti e adesso fosse tornata alla superficie. Furono abbandonati a loro stessi. I marinai misero un motoscafo in mare e se ne andarono, lasciandoli soli.

Mentre cercava di salire sul ponte della nave, urtata dagli spintoni degli uomini e graffiata con le unghie dalle donne che correvano con i figli in braccio, una ragazza che parlava il suo dialetto le disse che in realtà non andavano in Germania, che ad attenderli c'era l'Italia, e che avrebbe cambiato la loro vita, la vita di tutti. Aleya dell'Italia aveva sentito parlare, da qualche vecchio del suo villaggio e anche dallo zio Ti: c'era un posto, molto ad est del suo villaggio, dove al tempo del nonno di suo nonno c'erano stati gli italiani. Avevano ucciso tutti i guerrieri neri del posto e poi avevano costruito grandi palazzi bianchi e strade meravigliose, e scavato pozzi profondissimi. Heléne, quando ancora parlava con lei, le aveva detto che anche gli italiani, come tutti i bianchi, ricchi e poveri, buoni o cattivi, significavano solo morte per il suo popolo. Ma Aleya non le aveva creduto.

Quando finalmente riuscì a salire in coperta, immersa nel sole abbacinante e stretta fra mille persone, vide la distesa del mare e una striscia di terra, in lontananza: la nave sembrava andare alla deriva, portata dal vento. Intorno al vecchio scafo c'erano delle grandi barche di ferro dipinte di grigio, con le armi puntate, e Aleya ebbe paura: per un momento pensò che li avrebbero uccisi tutti. Poi salirono a bordo degli uomini bianchi, in divisa. Aleya li guardò con la bocca spalancata: non aveva mai visto gente tanto ricca e pulita. Dovevano essere dei grandi capi, erano certamente più potenti e ricchi di Kha e dei suoi uomini, forse anche più dei neri di mezza età che l'avevano costretta a salire su quella nave. C'erano dei giovani, con la pelle bianchissima, che avevano i mitra a tracolla ma non li guardavano con odio e disprezzo: Aleya lesse anzi nei loro occhi la pietà, anche se non sapeva darle un nome.

Li fecero attraccare nel porto di un piccolo villaggio tutto bianco, che rispetto a quello in cui era sempre vissuta, le parve una favola. Le case erano di pietra e mattoni, come nel porto da cui erano partiti, ma intatte e pulite come quelle degli spiriti, che le aveva descritto sua madre quando era una bambina. E forse anche le donne che vide affacciarsi alle finestre erano delle potenti maghe, oppure spiriti dei morti. Comunque quelle finestre si richiusero subito.

Li misero tutti in fila e li portarono poco lontano

da quel villaggio. C'erano delle grandi corriere, simili a quelle che aveva visto nella città da dove erano partiti, ma molto più nuove e pulite. Li fecero entrare e Aleya guardò con ammirazione i sedili che sembravano di pelle. Aleya si stringeva alla donna che parlava il suo dialetto, e che sembrava capire quello che i bianchi dicevano. Le spiegò che li avrebbero portati in un centro di accoglienza, e poi ognuno sarebbe potuto andare dove voleva, perché erano in Italia, e l'Italia era un paese libero.

Marek

Alle cinque qualcuno tirò delle forti manate alla porta, e urlò in polacco che era ora di svegliarsi. Quelli che cominciavano a lavorare all'alba si alzarono bestemmiando tra i denti. Avevano gli occhi vuoti, cerchiati di scuro, il viso e le braccia divorati dalle zanzare. Marek non riusciva più a stare sdraiato, e li seguì fuori dalla baracca insieme a qualcun altro dei nuovi. Li guardarono salire su macchine e furgoni, con i caporali alla guida. Il sole era già spuntato e faceva sempre più caldo.

A poco a poco si svegliarono tutti gli altri, grattandosi i morsi delle zanzare. In fondo al piazzale c'era un furgone che vendeva panini. Costavano cari, ma tutti ne comprarono almeno due. Uno da mangiare subito, l'altro più tardi. Comprarono anche molta acqua e sigarette. Si misero a ciondolare intorno alle baracche, parlando di ricordi, di donne, di quello che avevano lasciato a Cracovia. Qualcuno si lasciò andare su una panca e chiuse gli occhi. L'ultimo riposo prima del lavoro.

Alle undici e mezzo quattro grossi furgoni polverosi si fermarono nello spiazzo sterrato. Si aprirono le portiere e per primo apparve il caporale con la voglia sulla guancia, sudato come un porco. Aveva in testa un cappello da cowboy e la faccia riposata. Dietro di lui si fermarono quattro uomini alti e grossi, con lo sguardo bovino. Stefan si fece pagare in anticipo il viaggio. Compilò una lista con i nomi dei lavoranti e ordinò di salire sui furgoni.

«Dove sono i nostri documenti?» chiese uno dei polacchi.

«Sono al sicuro» disse Stefan.

«Quando ce li rendete?»

«Sali sul furgone e stai zitto.»

«Prima voglio sapere quando ce li rendete» disse il polacco, incrociando le braccia sul petto. Stefan fece appena un cenno con la testa a uno dei guardiani, e la risposta non si fece attendere. Uno schiaffo rivoltò la faccia al polacco, che cadde a terra stordito. Stefan fece un passo avanti e si affacciò sopra di lui.

«Oggi non lavori» disse, e gli lasciò cadere un grosso sputo sulla faccia. Il polacco si asciugò con la mano, disgustato. Se avesse avuto una pistola avrebbe tirato il grilletto senza pensarci nemmeno un secondo, ma quando guardò i sorveglianti pensò che non era il caso di reagire. Stefan fece un cenno e gli altri polacchi si affrettarono a salire sui furgoni.

Finalmente partirono, alzando nuvole di polvere. Dopo meno di dieci minuti imboccarono una strada che passava fra i campi abbagliati di sole, in mezzo a una distesa infinita di piante di pomodoro, e poco dopo si fermarono. Scesero tutti. Grandi gocce rosse come sangue spiccavano tra il verde delle foglie. Chini sui pomodori c'erano molti bianchi e moltissimi neri. Uomini e donne, giovani e meno giovani, perfino qualche bambino. I sorveglianti passeggiavano su e giù con un bastone in mano, controllando che nessuno rallentasse il lavoro. Le casse piene venivano scaricate nei cassoni di vecchi camioncini.

Il caporale Stefan riunì i suoi uomini e batté le mani per avere attenzione. La macchia che gli attraversava la faccia era più rossa che mai.

«Se voi fate i bravi io faccio il bravo... ma se voi fate i cattivi...» disse, lasciando la frase in sospeso. Sembrava quasi che sorridesse. Assegnò ad ognuno una zona della piantagione, poi rimontò sul suo furgone e se ne andò.

Cominciò il lavoro, sotto gli occhi dei sorveglianti. Il sole picchiava sulla testa fino a stordire. Marek strinse i denti e si buttò a lavorare. Eccola, l'Italia.

Intorno a lui centinaia di mani staccavano i pomodori dalle piante e li gettavano nelle ceste... Occhi bassi, niente chiacchiere... piscerai dopo, non ti fermare, quanto ci metti a bere? Pomodori, centinaia, migliaia, milioni di pomodori. Sarebbero finiti nelle fabbriche di pelati, nei supermercati di mezza Europa, e poi nella pasta, sulle pizze, nei tubetti di concentrato, nei sughi pronti. Ma tutto cominciava lì, tra le schiene piegate, in mezzo al sudore. Pomodori rossi come sangue fresco, caldi e pieni di succo... Con i pomodori si faceva anche il famoso cocktail Bloody Mary. Un nome davvero azzeccato.

Dopo molte e molte ore il sole cominciò finalmente ad abbassarsi sull'orizzonte, e il caldo diventò più sopportabile. Marek non aveva mai aspettato con tanta impazienza che arrivasse la notte. Ma erano appena le sei e mezzo, mancavano ancora tre ore alla fine della giornata. Pomodori, nient'altro che pomodori. Ogni tanto era permesso mangiarne uno.

Marek cercava di non pensare a nulla. Sognava già il giaciglio della baracca. L'ultima mezz'ora fu la più lunga di tutte. Quando arrivarono i caporali, nella pianura stava quasi facendo notte, anche se il cielo era ancora chiaro. Una luna a metà spiccava sull'azzurro, impassibile. Montarono tutti sui furgoni, i polacchi con i polacchi, i rumeni con i rumeni, i neri con i neri. C'erano anche dei tuareg, diversi russi, qualche italiano.

Il convoglio partì. Ogni tanto un furgone si staccava dagli altri per imboccare un sentiero laterale, diretto ad altre baracche. Marek guardava la campagna immersa nel buio, oppresso dalla tristezza. Poteva ridursi a quello, la vita? Pomodori per sedici ore al giorno, cinque ore di sonno e ricominciare da capo... e non certo per diventare ricchi. Li odiava già, quei maledetti pomodori caldi di sole, rossi da fare male agli occhi.

I furgoni si fermarono accanto alle baracche e gli uomini scesero. Nonostante tutto era un sollievo tornare a «casa». Mangiarono qualcosa, annaffiarono e concimarono il terreno là intorno, poi finalmente andarono a sdraiarsi e si addormentarono come pietre. Solo Marek rimase sveglio ancora un po', a pensare a sua madre. Non le aveva ancora telefonato. Doveva essere preoccupata.

Aleya

La corriera passò lontano dal paese. Incontrarono poca gente, e tutti li guardavano con occhi ostili. Li fecero scendere in un posto lontano dal mare, in uno spazio bianco e polveroso. Vennero altri bianchi e distribuirono da mangiare, poi li misero di nuovo in coda, come facevano al villaggio i pastori con le bestie, quando le tiravano fuori dai recinti per portarle al pascolo. Dovettero camminare per un'ora, e il sole picchiava sulle teste. Non era caldo come quello di casa, ma Aleya si sentì lo stesso svenire e dovette stringere i denti, per andare avanti.

Il centro d'accoglienza era una specie di villaggio, però con capanne tutte diverse da quelle che Aleya conosceva: da fuori sembravano bellissime, ma appena ci entrarono ebbero quasi paura, per come erano affollate. C'erano dei letti veri, ma non erano abbastanza e tanta gente rimaneva in piedi per la maggior parte del tempo, anche le donne con i bambini piccoli. Ci rimasero quattro giorni, senza far niente. Ogni tanto veniva qualcuno dei bianchi, Aleya non capiva nulla di quel che succedeva e nemmeno la donna che parlava il suo dialetto, a volte, riusciva a spiegarglielo. Presero i nomi di tutti e li scrissero su grandi quaderni. L'ultimo giorno la gente cominciò a mormorare, poi a gridare e a battere sulle sbarre delle finestre, perché si era sparsa la voce che non li avrebbero liberati, che al di là del filo spinato che si vedeva dalle finestre non c'era la libera Italia ad attenderli. Addirittura qualcuno diceva che li avrebbero rimandati a casa. Aleya sperò con tutto il cuore che fosse vero.

Ma non fece in tempo a conoscere il destino degli altri, perché l'ultima notte, quando tutti dormivano, ricevettero una visita inaspettata. Arrivò una macchina, che rimase fuori dal recinto. Ne scesero dei bianchi italiani, che si misero a ridere e a scherzare con i guardiani del centro di accoglienza: Aleya non dormiva mai, e li vide dalla finestra, illuminati dagli altissimi lampioni che mandavano una strana luce gialla. I bianchi entrarono nel campo, e uno di loro aprì la porta della sua baracca. Venne proprio da lei, la prese per un braccio e la portò fuori, e gli italiani al cancello fecero finta di non vedere. Vicino all'automobile, ad aspettare, c'erano altre quattro ragazze nere, tutte giovanissime e particolarmente belle. Le caricarono sulla macchina e le portarono lontano, in mezzo alla campagna brulla e piatta: albeggiò, ma il mare non si vedeva più, solo sassi e sterpi. Finalmente la macchina si fermò e scesero tutti: Aleya credeva di essere arrivata, invece non c'era niente, solo un vecchio furgone chiuso, senza finestrini. Le fecero salire tutte e cinque a bordo, e le sembrò di essere tornata nella nave: anzi, era peggio, perché adesso era buio come di notte, lo spazio era piccolo e le pareva di non riuscire nemmeno a respirare bene. Le tornò il dolore allo stomaco, più forte del solito: chiese aiuto alle altre ragazze, che sentiva accanto a sé, senza poterle vedere, ma la ignorarono.

Marek

Sveglia alle cinque. Alle sei inginocchiati nei campi. Pomodori e pomodori e pomodori, orgoglio della Puglia e dell'Italia intera. Alle dieci e un quarto il ritorno alle baracche. Due chiacchiere, un panino, la branda. Un giorno dopo l'altro, sempre uguale. Marek aveva la sensazione che il tempo non passasse mai.

A lavorare c'erano uomini e donne di tutte le razze, ma a dormire li tenevano divisi. I marocchini con i marocchini, i polacchi con i polacchi, i rumeni con i rumeni.

Sabato era giorno di paga. Verso le undici di sera venne il caporale a distribuire i soldi, seguendo una lista scritta a mano. Gli uomini fecero mentalmente il cambio con gli zloty. Era una miseria, ma nessuno protestò. A cosa sarebbe servito? E poi non erano mica venuti in Italia per divertirsi.

Arrivò finalmente la domenica. Si lavorava la mattina fino all'una e poi basta, ma solo perché i caporali e i guardiani volevano riposarsi. *Dovete ritenervi fortunati*, dicevano i caporali. In altri campi la domenica era un giorno come tutti gli altri, si andava avanti senza interruzione fino alla fine della stagione.

All'una li scaricarono alle baracche e se ne andarono. Per fortuna tirava un po' di vento. Accanto al muro esterno, attaccato a un tubo di ferro che spuntava dal terreno c'era un rubinetto, e andarono tutti a bagnarsi la testa. C'era chi si lamentava, chi parlava di andarsene. Ma senza documenti era rischioso.

Marek andò a sdraiarsi sulla sua branda, per riposarsi una mezz'ora. Si mise a parlare con un tipo di Katowice che lavorava alle piantagioni dalla fine di maggio. Si chiamava Zenon. Era basso, con le gambe storte. Aveva due occhi chiarissimi, duri come pietre, infossati in una larga faccia quadrata. Brutto era dir poco. Si mise a raccontare cosa succedeva là intorno, con l'aria di chi sapeva tutto. Aveva visto picchiare a sangue dei ragazzini, aveva visto violentare donne incinte, aveva anche visto dei morti ammazzati. E c'era chi ci faceva i miliardi, con quei cazzo di pomodori.

« Però è vero che noi di queste baracche siamo fortunati » disse con un sorriso storto. Quel figlio di troia di Stefan era meno figlio di troia degli altri, a quanto sembrava. Più a nord c'erano bande di polacchi che trattavano i loro connazionali come bestie, ma in quella stessa zona a passarsela peggio di tutti erano gli africani, forse per via della pelle nera. Lui lo sapeva perché per una settimana era finito in mezzo a loro. I neri raccoglievano pomodori per un altro padrone, nella piantagione che confinava con quella dove stavano lavorando Marek e compagni. Venivano da tutta l'Africa: Mali, Nigeria, Burkina Faso, Uganda, Senegal, Sudan, Eritrea… Lavoravano diciotto ore al giorno per pochi spiccioli, sette giorni su sette. La notte dormivano ammassati in baracche senza letti, senza acqua, senza luce, sorvegliati da uomini armati perché nessuno potesse scappare. Zenon sapeva bene che a sentirlo raccontare era difficile da credere, ma giurava che era la pura verità. La schiavitù era stata abolita? Solo a parole, solo e soltanto a parole…

«Il nostro gruppo si sta avvicinando al confine con la piantagione dove lavorano quei disgraziati, tra qualche giorno potrai vederli con i tuoi occhi» disse con un brutto sorriso, e se ne andò.

Dopo una breve siesta sui soliti materassi sporchi, a gruppetti se ne andarono in corriera a Carnigliola, una cittadina a una ventina di chilometri dalle baracche. In confronto ai borghi là intorno sembrava una metropoli, ma doveva avere sì e no cinquantamila abitanti. Cracovia era molto più grande e molto più bella, dicevano tutti con orgoglio. Ma era una misera soddisfazione, visto che la loro patria era a duemila chilometri dai pomodori.

La gente del posto guardava con diffidenza i gruppi di immigrati che ciondolavano per le strade o si radunavano a gruppi all'ombra dei giardini, e nonostante fosse domenica i negozi erano tutti aperti. I commercianti avevano fatto i loro conti, guadagnavano un sacco di soldi in quel giorno di festa.

Marek camminava da solo, alzando ogni tanto lo sguardo sulle facciate dei palazzi e delle chiese. In una piazza vide di lontano, radunate davanti all'ingresso di un albergo, decine di ragazzine truccate come puttane, sorvegliate da alcuni carabinieri. Marek rimase a guardare, curioso di capire cosa stessero aspettando. Dopo un po' dalla porta uscì quasi correndo un ragazzo alto e vagamente impaurito, affiancato da uomini vestiti di nero con le teste pelate, e le ragazzine si lanciarono all'assalto gridando come pellirossa. I carabinieri stentavano a tenerle a freno. Il ragazzo e i suoi angeli custodi fecero appena in tempo a salire sopra una lunga macchina luccicante e a chiudere le sicure. Appena un secondo dopo decine di mani si abbatterono sui vetri, lo schiamazzo era assordante, e i carabinieri venivano sballottati come fantocci. La macchina si fece largo e finalmente riuscì a partire, inseguita dall'orda di ragazzine urlanti...

Marek se ne andò con le mani in tasca, nella direzione opposta. Si sentiva strano, come se fosse appena uscito da un sogno. Si era affacciato su un mondo diverso dove non sarebbe mai potuto entrare. Voltò in un vicolo e vide un internet point gestito da un indiano, dove poteva chiamare a una linea fissa in Polonia a prezzi bassi. C'era da fare un po' di coda, ma quasi nessuno parlava più di dieci minuti. L'aria puzzava di chiuso, e sembrava che anche i muri emanassero calore.

Quando arrivò il suo turno prese coraggio e telefonò a una vicina di casa di Cracovia, una cara amica della sua famiglia. La donna gli fece un sacco di feste, e Marek riuscì a fatica a non piangere. Poi le chiese il favore di andare a chiamare sua madre, che non aveva il telefono. Avrebbe ritelefonato dopo un quarto d'ora. Riattaccò e uscì in strada a fumare una sigaretta. Casa sua era dall'altra parte del mondo. Doveva stringere i denti. La sua vita non poteva continuare così all'infinito. Per fortuna tutto finiva, prima o poi. Ma adesso la cosa più importante era far credere a sua madre che andava tutto bene. Se le avesse detto come stavano davvero le cose…

Aleya

Il viaggio dentro il furgone chiuso fu molto lungo, quasi un giorno intero, e peggiore di quello sulla nave. Aleya non ne poteva più, poi anche una delle altre ragazze si sentì male. Allora cominciarono tutte a strillare e a battere con le mani sulla lamiera, perché l'autista si fermasse. Il furgone si arrestò di colpo, e poco dopo il portellone si spalancò. C'erano due italiani, l'autista e un altro: ma invece di tirar fuori la ragazza che si era sentita male, cominciarono a gridare e a sputare. Aleya non capiva assolutamente nulla delle loro parole, ma il senso era molto chiaro, e quando una ragazza si ribellò e cercò di ribattere in qualche modo, mostrando l'amica seduta e tremante, uno degli uomini la prese per il braccio e la tirò fuori dal furgone, facendola cadere per terra, poi cominciò a prenderla a calci, due, quattro, sei volte, senza smettere, sotto gli occhi terrorizzati di Aleya. L'italiano stava solo attento a non colpirla in faccia né alle gambe, finché non le uscì il sangue dalla bocca e rimase svenuta per terra. La raccolsero e la ributtarono dentro, come fosse un sacco. Prima di richiudere il portellone, l'italiano sorrise e disse solo due parole, nella lingua che Aleya conosceva, e l'ordine era molto chiaro, di rimanere mute per tutto il tempo.

Le fecero scendere dopo sette ore di viaggio, nella notte. Il sole non era ancora spuntato. Erano in un grande piazzale di cemento, non si vedeva nulla, solo campagna piatta, e faceva molto freddo. Aleya e le altre corsero subito a fare pipì, perché non ne potevano più. C'erano tre automobili rosse, sotto degli altissimi lampioni che mandavano una luce carica. Quando spuntò finalmente il sole, e ad Aleya sembrava che quell'alba fosse lentissima, che non finisse mai, i lampioni si spensero, e tutto diventò del colore della cenere. C'era odore di letame, e qualcosa sospeso a mezz'aria copriva la campagna e velava le cose: non si vedeva l'orizzonte, la terra si confondeva col cielo. Era un'aria umida e strana, che bagnava i capelli, ma si dissolse quasi subito.

Aleya fu fatta salire da sola su una delle automobili. C'erano altri italiani, vestiti molto bene, e stavolta non la trattarono male. Ma si sentì addirittura peggio, perché non sopportava quell'alternanza, era come l'inferno dei riti magici, in cui i diavoli prima ti carezzavano e poi ti frustavano con le verghe piene di spine. La portarono in una grande casa, nel mezzo di quella piana fredda e umida. Non c'erano altre ragazze, né uomini, sembrava vuota. La fecero entrare in una grande stanza e finalmente le permisero di sdraiarsi, su un materasso buttato per terra: ma ad Aleya sembrò il paradiso e dormì per molte ore.

Marek

Sul marciapiede si trovò davanti il tipo che aveva avuto accanto nella prima parte del viaggio, quello che gli raccontava la storia di Pinocchio. Era molto dimagrito, e tossiva.

« Prima o poi finirà » disse, cercando di sorridere.

« E dopo? » fece Marek.

« Mi hanno detto che al Nord si trova lavoro nelle fabbriche, e pagano bene. »

« E tu ci credi? »

« Ci devo credere... »

« Dovresti farti vedere da un medico. »

« Sto bene, è solo un po' di tosse » disse il tipo alzando le spalle. Marek guardò l'orologio.

« Vado a telefonare. » Lo salutò con un cenno e s'infilò di nuovo nel negozio dell'indiano. Poco dopo arrivò il suo turno. Fece un bel respiro, poi chiamò il solito numero di Cracovia. La vicina rispose dopo uno squillo e gli passò subito sua madre.

« Come stai, Marek? » chiese lei, apprensiva.

« Bene, mamma. Dovresti vedere il sole che c'è qui... »

«Dove sei? Perché non hai chiamato prima?» Le tremava la voce come se stesse per scoppiare a piangere.

«Mamma, ti prego. Non potevo telefonare, il campo è un po' distante dal paese.»

«Ti trattano bene? Mangi abbastanza?»

«Va tutto benissimo, mamma. Il lavoro è buono e mangio come un porco.»

«Prego tutto il giorno la Madonna che ti protegga.»

«Alla fine del mese ti mando dei soldi.»

«Sei andato a Messa?»

«Sì, mamma» mentì.

«La prossima volta accendi un cero e prega la Madonna...»

«Sì, mamma. Ora ti devo lasciare, sennò spendo troppo.»

«Chiamami presto...»

«Domenica prossima, prima non posso.»

«Che Dio ti benedica.»

«Ciao mamma, dormi tranquilla.» Chiuse la comunicazione e rimase a guardare il muro. Sentì quelli in coda che urlavano e si alzò. Andò a pagare, con un nodo che gli stringeva la gola. Appena sbucò nella strada si sentì riavere... Doveva smetterla di pensare a cose tristi. Era meglio svagarsi un po'. S'incamminò sul marciapiede, evitando lo sguardo dei passanti. Ma le gambe nude delle ragazze le guardava eccome, e si lasciava andare all'immaginazione.

Lungo la strada trovò due compagni di viaggio e

si unì a loro. Uno doveva avere più di cinquant'anni, l'altro non arrivava a trenta. Erano zio e nipote. Si misero a chiacchierare del più e del meno. Marek scoprì che il più vecchio andava a comprare il pane nel forno dove lavorava Bogumil, e questa piccola cosa lo riempì di emozione. Era come se per un attimo fosse tornato a Cracovia, come se stesse camminando sui marciapiedi della sua città in quelle lunghe e inutili giornate che adesso quasi rimpiangeva. Ma intorno a lui c'erano solo le case di Carnigliola.

Entrarono tutti e tre in un grande bar con i vetri sporchi. I tavolini erano occupati da gente del posto che guardava una partita alla tv, solo maschi. Si appoggiarono al bancone e ordinarono tre birre. Il proprietario del bar aspettò che avessero pagato, poi stappò le bottiglie. Si misero anche loro a guardare la tv, in piedi dietro ai tavoli. La gente commentava con fischi e urla, come fossero allo stadio. Venne segnato un gol e volarono bestemmie.

Quando finalmente la partita finì, si alzò un mormorio di delusione, e il padrone del bar cambiò canale. Apparvero ballerine mezze nude, musica, luci, uomini in cravatta che parlavano con il sorriso sulle labbra. Era quella l'Italia che Marek aveva creduto di trovare, partendo da Cracovia. I commenti adesso erano sulle ragazze, e nell'aria c'era quasi più tensione che per la partita.

Il programma si interruppe e arrivò la pubblicità.

Grandi fette di prosciutto, biscotti dorati, macchine da sogno, sorrisi perfetti, donne bellissime, telefoni scintillanti, famiglie felici, case lussuose... e pomodori. Una colata di salsa rossa sopra un letto di pasta, una verde foglia di basilico: i colori della bandiera italiana, pensò Marek.

Sullo schermo vide apparire una ragazza quasi nuda che passeggiava su una spiaggia meravigliosa, e provò un gran desiderio di abbracciare una donna. Si sentiva solo, più solo di quando era a Cracovia. Una donna gli avrebbe dato un po' di forza per andare avanti. Non pretendeva certo di trovare l'amore in mezzo alla piantagione. E comunque la donna che sognava di sposare non si doveva innamorare di un disgraziato che raccoglieva pomodori. Prima o poi sarebbe uscito da quell'inferno e avrebbe conosciuto la donna che faceva per lui. Per adesso si sarebbe accontentato di un po' di calore, per non sentirsi morto. Ma non poteva certo permettersi di buttare la paga di due giorni con una puttana. E comunque non voleva andare con una puttana. Non aveva mai pagato una donna, e non avrebbe cominciato adesso. Niente puttane.

Aleya

La mattina dopo in casa c'erano una donna nera e due bianchi. Uno le faceva particolarmente paura:

era alto e grosso, vestito con giacca e cravatta. Doveva avere almeno cinquant'anni, come lo zio Ti, ma a differenza di lui, che era magro e scattante, questo era grosso e sempre sudato e portava i capelli lisci lunghi, unti, legati in un codino dietro la nuca. Aveva occhi cattivi, ma non la toccò. La donna nera parlava qualche parola del suo dialetto: le disse che se si fosse comportata bene l'avrebbero trattata come una regina, e nessuno le avrebbe mai fatto del male. C'erano dei bei vestiti, pronti per lei, e col tempo le avrebbero permesso anche di andare in città. Per il momento, Aleya doveva fare il suo dovere con alcuni uomini di molto riguardo che cercavano ragazze nerissime e particolarmente belle, proprio come lei. Non avrebbe avuto clienti volgari o maneschi, ma solo gente raffinata. Aleya di tutto quel discorso non capì molto, solo che avrebbe dovuto fare quel che faceva nella casa di Kha. E cominciò la sera stessa. Una macchina la venne a prendere e la portò in un'altra casa, dove incontrò degli uomini, nessuno dei quali era giovane: tutti sembravano molto colpiti dal suo viso e dal suo corpo, anche se lei si vergognava del suo ricciolo evidente sul labbro. L'uomo col codino, mentre la riaccompagnava alla casa grande, pareva davvero contento: fumava cento sigarette e parlava con la sua voce bassa e roca, anche se per lei erano discorsi incomprensibili.

Aleya obbediva a tutti, faceva quello che le dicevano, non protestava mai. Rimaneva sempre immobile, quando gli uomini la usavano, e intanto pensava al mare verde e all'acqua che la accarezzava. Si immaginava di sparire nel nulla e in quel modo si sentiva bene. Se c'era bisogno di fare qualcosa di diverso lo faceva, aveva imparato, ma quell'essere così distante, invece di dispiacere ai clienti di riguardo, sembrava rappresentare un'attrattiva in più. Una sera, mentre la riaccompagnava in macchina, l'uomo col codino si fermò in una piazzola senza illuminazione e si aprì la patta dei calzoni. Poi la afferrò per la nuca e la spinse giù, fra le sue gambe. Aleya fece tutto senza sognarsi nemmeno di protestare. Quando finirono, lei si sporcò il vestito, e lui la ripulì accuratamente, con il suo fazzoletto. Gli occhi dell'uomo col codino, che erano sempre cattivi, quella volta sembravano impauriti: la pregò di non raccontare quel che era appena successo, ma Aleya non capiva nulla, si limitava a fare cenno di sì. Era diventata un oggetto di lusso per clienti importanti, molto redditizio e da trattare con cura, senza prendersi libertà, ma non lo sapeva. Non sapeva nemmeno di essere bellissima, come una modella delle riviste, di quelle che guadagnavano una fortuna. Aleya non era consapevole di nulla.

Marek

Erano già passate tre settimane, tutte uguali. Campo e baracca, baracca e campo. La domenica al paese per telefonare a casa e per bere una birra in piedi davanti alla tv. Non restava altro che aspettare la fine della stagione.

Sotto il sole la pelle dei raccoglitori bianchi era diventata sempre più scura, e quasi non si distinguevano più da certi neri. Molti si ammalavano e finivano all'ospedale, ma venivano subito rimpiazzati e il ritmo del lavoro non subiva rallentamenti. Anche il tipo che leggeva Pinocchio fu portato via febbricitante, e nessuno lo vide più.

Chissà quanti quintali di pomodori avevano già raccolto, pensava Marek. La notte, quando chiudeva gli occhi, continuava a vedere pomodori che cadevano nelle ceste.

Ogni giorno che passava imparavano qualche nuova parola in italiano e questo li faceva sentire meno spaesati. Scoprirono che l'agglomerato di case che si vedeva accanto alle baracche si chiamava Masseria Giustizia, e riuscirono addirittura a ridere di quella beffa. Campo e baracca, baracca e campo... Erano già arrivati vicino al confine con un'altra piantagione, dove a sudare sotto il sole c'erano solo neri. Dovevano essere quelli di cui parlava Zenon. In quella zona i sorveglianti avevano l'aria più dura. Possibile che ci fosse sempre chi stava peggio di te?

Una mattina Marek vide come un lampo negli occhi e nella sua mente qualcosa fece una capriola… Aveva creduto di poter resistere, ma si era sbagliato. Si sentiva debole, aveva perso almeno cinque chili… Cazzo! Cazzo! Si alzò in piedi strizzando un pomodoro nel pugno, riducendolo in pappa. Gridò che non era giusto, che il lavoro era da schiavi e la paga ridicola. I padroni dovevano pagare di più, se volevano il loro sangue…

Gli altri continuavano a lavorare, ignorandolo. Un nero gli lanciò uno sguardo spaventato, ma ormai era troppo tardi. Due sorveglianti presero Marek per le braccia, e un terzo diede voce ai pugni. Quando Marek cadde a terra la parola passò agli stivali. Si sentiva solo il rumore dei colpi, le parole erano inutili. Non lo picchiarono a lungo, faceva troppo caldo. Lo lasciarono in terra a rantolare.

Dopo qualche minuto Marek riuscì a mettersi a quattro zampe, e riprese a staccare pomodori dalle piante. Gli fischiavano le orecchie e sentiva due denti che ballavano. Si ricacciò in gola la rabbia. Non doveva fare il coglione in quel modo, era come cercare di buttare giù un muro a capocciate. Magari un giorno si sarebbe presentata l'occasione giusta e avrebbe avuto la sua vendetta. Maledetti figli di troia, spero che nessuno di voi arrivi a domattina…

Le sorprese non erano finite. Subito dopo la pausa per il panino, nella piantagione accanto tre marocchini si alzarono di scatto e cominciarono a correre verso il nulla separandosi a ventaglio, alzando polvere e travolgendo le piante di pomodoro. I loro piedi non facevano quasi rumore. Era una scena irreale, sembrava che volassero. Sei o sette guardiani montarono con calma su un paio di furgoni e partirono all'inseguimento, urlando come nelle battute di caccia al cinghiale. Avevano l'aria di divertirsi un mucchio, sapevano bene che li avrebbero ripresi senza fatica. Ma appena furono un po' distanti, altri quattro marocchini fuggirono nella direzione opposta sparpagliandosi come gli altri, e un secondo dopo altri sette fecero lo stesso, quattro in una direzione e tre in un'altra. Altri sorveglianti montarono bestemmiando sui due furgoni rimasti, ma non potevano certo andarsene tutti e qualcuno saltò giù. Erano molto agitati, adesso, e prima di riuscire a partire persero un sacco di tempo per decidere chi dovessero inseguire. I fuggiaschi correvano come il vento, sotto lo sguardo speranzoso e angosciato degli altri raccoglitori. Marek si mordeva le labbra incitando mentalmente quei disgraziati. Vederli fuggire faceva bene al sangue. Doveva essere un'azione pianificata durante la notte: scappare in molti per fare in modo che almeno qualcuno ce la facesse. Scommettevano sulla sorpresa e sulla percentuale di possibilità, come le zebre inseguite dai leoni. Di certo uno da solo non avrebbe avuto scampo. L'immensa pianura non offriva molti nascondigli. Qua e là si vedeva in lontananza qualche cascina, macchie di cespugli bassi, alberi isolati, e più lontano ancora una strada soprelevata che attraversava la piantagione. I furgoni alzavano colonne di polvere, ma si riuscivano a scorgere alcuni dei marocchini che correvano nel verde delle piante. Se scappavano in quel modo, pensò Marek inorridito, allora era vero che venivano tenuti prigionieri. Per loro l'unica possibilità era fuggire durante il lavoro. Lui e i suoi compagni potevano farlo la domenica pomeriggio, quando non lavoravano, anche se senza documenti era un bel rischio.

I sorveglianti rimasti si guardavano intorno con aria tesa, e gridavano più del solito. Erano in pochi, temevano sorprese. Uno si era attaccato al cellulare, forse per chiamare rinforzi o forse per segnalare ad altri guardiani la fuga dei tre marocchini che i furgoni non avevano potuto inseguire. Se i raccoglitori si fossero alzati tutti insieme, pensava Marek, avrebbero potuto comodamente prendersi una rivincita sui guardiani. Ma a che sarebbe servito? Infatti nessuno si alzò, nessuno aprì bocca. I pomodori continuarono a finire nelle ceste uno dopo l'altro, caldi e rossi come piccoli cuori appena strappati dal petto.

Dopo nemmeno mezz'ora tornò il primo furgone, e scaricò a terra due marocchini pestati a sangue. Due furgoni arrivarono poco dopo, con altri fuggiaschi nelle stesse condizioni. Alla fine, su tredici fuggiaschi, cinque erano riusciti a non farsi trovare, almeno per il momento. Ma in lontananza si vedevano delle jeep che continuavano a cercare alzando polvere di rabbia. Verso le otto di sera ne trovarono altri due. Li legarono alle ruote dei furgoni e li frustarono, come esempio per tutti gli altri.

Uno dei caporali sentì il bisogno di fare un discorso. Salì sulla cabina di uno dei furgoni con un megafono, per farsi sentire bene. Parlò in italiano, tanto ormai quasi tutti capivano.

«Non vi conviene scappare... Abbiamo i vostri nomi... Sappiamo dove abitano le vostre famiglie... e se non volete che abbiano problemi...»

Aleya

Aleya si rovinò una sera, dopo aver cercato per un'ora di aiutare un vecchio, con la bocca, come aveva imparato a fare nella casa di Kha. Lo stomaco le faceva più male del solito, e le era tornata l'idea di volare via. Al vecchio non riusciva, e lei non ne poteva più. Aleya pensava al mare verde, come sempre, ma dopo un po' la voce roca del vecchio la riportava alla realtà, e questo per lei era intollerabile. Allora fece una cosa mai fatta prima: smise di fare quello che faceva, si alzò dal letto e andò alla finestra, a guardare il mondo di fuori, la campagna piatta che non finiva mai. Il vecchio però protestava, la minacciava di cose incomprensibili. Ad Aleya dava noia anche il suono stridulo di quella voce, e l'idea di volare diventava sempre più attraente, ogni minuto che passava. Così salì sulla finestra, perché a quel piano alto non c'erano le sbarre, e guardò il buio, di sotto. Quando si accorse di quello che stava facendo, il vecchio cercò di farla scendere. Lei sentiva il vento sulla pelle nuda, rabbrividiva e fremeva di piacere, pensando che da un momento all'altro avrebbe potuto far finire tutto. Il vecchio gridava e cercava di tirarla per le braccia e per le cosce, e allora lei fece un'altra cosa che le era del tutto nuova, che anzi non si era mai sognata di fare in tutta la sua vita: guardò il vecchio che era piccolo, bianco, insignificante. Alzò la gamba, lunga, bellissima e forte, e lo colpì in pieno viso, rompendogli gli occhiali e buttandolo in mezzo alla stanza. Lo guardò affascinata e disgustata: sembrava un fagotto di vestiti vecchi, con la maglietta tirata su e i pantaloni calati alle ginocchia. Era immobile, forse morto. Qualcuno spalancò la porta e lei si lasciò cadere nel vuoto, risucchiata dal vento freddo, come nel mare verde dei suoi sogni, che finalmente la tirava verso il fondo.

Ma ebbe sfortuna e non morì. Non si ruppe nemmeno le ossa: né per la caduta, sull'erba soffice, né per le botte che l'uomo col codino le dette quella stessa notte, a lungo, compiacendosi della propria crudeltà, come se si sfogasse di qualcosa, facendola svenire più volte e rianimandola con secchi d'acqua. Fu fatta sparire subito dalla casa: la misero nel furgone e la portarono lontano. Aleya era sanguinante, sdraiata sul pavimento di lamiera caldo, e pensava che l'avrebbero di certo uccisa e gettata fra i rifiuti.

Marek

Si mormorava che uno dei marocchini fosse stato ammazzato. Si mormorava che un mese prima anche due somali avessero cercato di fuggire e fossero stati uccisi a bastonate. Si mormorava che i caporali portassero ai padroni delle piantagioni donne che si facevano scopare in cambio di lavoro per i loro mariti o fidanzati. Si mormorava che un algerino fosse andato dai carabinieri a raccontare come venivano trattati, ma era stato arrestato come clandestino ed espulso dall'Italia. Si mormoravano molte altre cose, e la paura aumentava. L'unica cosa da fare era aspettare che finisse la stagione dei pomodori. Si doveva risparmiare più denaro possibile e poi partire per il Nord. Nulla poteva essere peggio di quello che stavano vivendo. L'unica cosa certa era che nessuno di loro avrebbe mai più mangiato un pomodoro in tutta la vita.

Un minuto dopo l'altro passavano i giorni. Marek era riuscito a mandare settanta euro a Bogumil e cento a sua madre. Quel gesto gli aveva dato un po' di coraggio. Sudare sotto il sole serviva almeno a qualcosa. O forse si stava solo abituando a quella vita, si stava rassegnando a essere trattato come uno schiavo. Erano in tanti ad ammalarsi, ma a rimpiazzarli arrivava subito altra carne da lavoro.

Una mattina il sole picchiava più del solito, non c'era un alito di vento, il caldo era infernale. Anche la terra bruciava, sotto le ginocchia. Ogni movimento costava un grande sforzo, e perfino i guardiani sembravano più affaticati e dunque più docili. Marek riempiva le ceste cantando mentalmente le canzoni del suo paese. Poi cominciò a mugolarle, e a poco a poco a cantarle a voce alta. A lui si unirono altri polacchi. Cantavano come i negri ai tempi delle piantagioni di cotone. I guardiani ridevano, ma nessuno di loro si mise a gridare di fare silenzio. Dopo una mezz'ora i canti svanirono nel nulla, e tornò quello strano silenzio che galleggiava sopra il fruscio del lavoro.

A un tratto si levarono delle voci concitate, a un centinaio di metri da Marek. Alzarono tutti la testa per guardare. I sorveglianti urlarono di continuare a lavorare e un paio di loro andarono a vedere cosa stava succedendo, già pronti a menare le mani. In pochi minuti il passaparola arrivò alle orecchie di Marek. Una ragazza rumena era svenuta. Aveva diciassette anni ed era incinta. Poco dopo i guardiani tornarono indietro, reggendo per le braccia una ragazzina con il pancione. La depositarono sul pianale di un furgone e la lasciarono lì sotto il sole, con le gambe penzoloni. Un ragazzo rumeno li aveva seguiti e cercava di avvicinarsi alla ragazza, ma veniva fermato dagli altri guardiani.

«È mia donna... devi portare ospedale...» diceva il ragazzo, disperato.

«Certo, ora la portiamo» fece un guardiano.

«Sta male...»

«Stai tranquillo e torna a lavorare, ci pensiamo noi» disse un altro guardiano.

«Sta male... forse bambino muore...» insisteva il rumeno.

«No che non muore, stai tranquillo. Voi rumeni avete la pelle dura.» I sorveglianti si misero a ridere, ma alla fine decisero di portare via la ragazza. Il furgone partì lentamente sobbalzando sul sentiero.

La mattina dopo si seppe che la rumena aveva abortito ed era stata ricoverata in ospedale con la febbre alta. Il suo uomo continuò a lavorare nella piantagione, con il viso indurito dalla disperazione e dall'odio.

Qualche giorno dopo tornò anche lei, pallida come un cadavere. Li misero a lavorare distanti uno dall'altra, perché non perdessero tempo a chiacchierare. E la rabbia di Marek aumentava, insieme alla paura.

Aleya

Invece di ucciderla, portarono Aleya in un grande palazzo in costruzione, lontano da tutto. Era un immane scheletro di cemento armato, sette piani di orbite vuote tutte uguali. Aleya aveva gli occhi chiusi e non poté vedere i bidoni di ferro arrugginiti, le montagne di sabbia, gli attrezzi da lavoro abbandonati. Il recinto che circondava l'edificio era sfondato in più punti. In quel castello abbandonato e dimenticato dai bianchi, si erano rifugiati molti neri, ma non solo loro, anche delle donne, ragazze giovanissime, tutte molto diverse da Aleya e dalle altre cinque che erano state rapite con lei: avevano gambe grosse, il ventre prominente, qualcuna si capiva che era malata. Aleya aprì gli occhi, mentre la trascinavano all'interno, ma non riusciva a vedere bene negli stanzoni, aperti sul vuoto, con i cartoni che riparavano un po' dal vento e dalla pioggia: c'era una debole luce fatta con i fornelli a gas, e sporco dappertutto, perfino sul soffitto di mattoni forati. La portarono in una specie di camerata, con dei materassi per terra, e la medicarono un po'. Dormì per tanto tempo e quando si risvegliò stava quasi bene. Lì c'erano solo donne, e un bianco giovane che faceva la guardia all'unica entrata. Aleya lo guardò e se ne stupì: non era come gli altri bianchi, che sembravano tutti ricchissimi. Anche lui aveva la faccia da malato, era magro, con la barba incolta, sporco e con i denti cariati, eppure non doveva avere nemmeno vent'anni. Gli mancavano anche due incisivi, e questo, in particolare, le faceva ribrezzo. Le donne che sapevano un po' d'italiano lo chiamavano il caporale. Anche Aleya cominciava a capire il significato di qualche parola italiana. Il caporale era cattivo e manesco. I suoi capi lo lasciavano fare: avevano capito che spaventava le ragazze perché era imprevedibile, e ciò le terrorizzava più delle botte. Era capace di picchiare per pure sciocchezze, magari perché qualcuna si era affacciata per guardare fuori, scostando un po' il telo di plastica che chiudeva la grande apertura. I capi, che Aleya non vedeva quasi mai, gli permettevano anche di importunare le donne. O forse non era così, forse i suoi padroni glielo avevano proibito, perché Aleya vedeva che quando gli prendeva la voglia, prima guardava fuori, nei corridoi gelidi e bui, per essere sicuro che non ci fossero altri bianchi nel palazzo. Spesso si faceva fare un pompino da una a caso, e se non gli veniva duro abbastanza cominciava a picchiare, ed era furbo, aveva imparato dagli altri bianchi, e sapeva dove e come colpire: Aleya, quando toccava a lei, sentiva più male delle altre, allo stomaco, e vomitava saliva e sangue, a volte senza riuscire a smettere.

Le voci correvano rapide, in quel castello di cemento, e una sera una delle donne più anziane, che forse aveva superato i trent'anni, chiese ad Aleya se era vero che era pazza e che nella casa di lusso, di cui nessuno sapeva nulla, aveva quasi ammazzato un cliente. Aleya aveva paura a rispondere, perché pensava che i bianchi l'avrebbero ripresa e picchiata ancora. La donna le chiese se sapeva il motivo per cui, dopo una cosa tanto grave, non l'avevano fatta sparire nel monte dei rifiuti. Aleya scosse la testa, e allora la donna sorrise e le accarezzò le lunghe gambe: fu un gesto all'inizio rapido e furtivo, poi insistito e prolungato, ed era più chiaro di un lungo discorso. Cominciò a baciarla e a toccarle il seno. Lo faceva in modo diverso dagli uomini, ma ad Aleya non piaceva ugualmente. Non provava schifo o ribrezzo, semplicemente era come se non accadesse a lei. Rimase immobile, come quando era con gli uomini, perché era così che faceva sempre. La donna voleva che anche lei la toccasse, ed Aleya lo fece, perché obbediva sempre, qualsiasi cosa le chiedessero di fare. Successe quella notte e altre due successive. Ma una sera le vide il caporale, che tirò una pedata nella pancia all'altra donna e quella non le si avvicinò più.

Una delle ragazze più vecchie, che era riuscita a imparare più in fretta di altre a esprimersi in un italiano elementare, fu tanto sciocca da denunciare il caporale agli italiani. Un giorno vennero e lo portarono via di peso: a differenza di lui erano grandi e forti, quasi dei giganti. Presero anche la ragazza che l'aveva denunciato: piangeva e gridava, ma non ci fu verso e dovette seguirli. Le altre donne mormoravano e scuotevano il capo, dicevano che lei era morta. Dopo un paio d'ore il caporale tornò nella camerata: aveva un occhio nero e gonfio e sputava sangue sul pavimento, ma non fece nulla, non osò toccare nessuna. Se ne stette seduto sulla sua branda, a mormorare parole senza senso. La donna che l'aveva denunciato non tornò più, e dopo un giorno si sparse la voce che l'avevano mandata via, lontano, a sud, nelle strade lunghe e dritte vicino ai campi di pomodori, dove le ragazze stavano ancora peggio, ma almeno c'era un po' di sole, e non solo quella cosa bianca, fredda e umida, che Aleya imparò a chiamare nebbia.

Marek

C'erano anche momenti piacevoli, come quel pomeriggio di domenica. Marek e alcuni suoi compagni stavano pedalando nelle strade di campagna, con l'intenzione di arrivare fino a Carnigliola. Avevano appena comprato per pochi euro delle vecchie biciclette, come molti di loro. Le vendeva un tipo che girava tra le baracche con un camioncino. C'era chi diceva che erano state rubate nel Nord Italia, ma a nessuno importava nulla.

Marek e gli altri avevano sulle spalle la fatica della settimana, eppure in quel momento non si sentivano stanchi. Era bello correre sulle strade e sentire il vento in faccia, bagnati di sudore come maiali. Una volta tanto non sudavano per il lavoro, e questo cambiava le cose. Il sole pugliese picchiava forte, ma ormai si erano abituati a quel calore. Intorno a loro c'era solo campagna a perdita d'occhio, schizzata di rosso da milioni di maledetti pomodori. Qua e là si vedevano vecchi casolari abbandonati dai contadini, che adesso servivano da dormitori per i raccoglitori di ogni razza.

Marek era particolarmente contento. Era riuscito a saldare interamente il suo debito con Bogumil e aveva mandato altri soldi a sua madre. Per lui era un grande risultato. Comunque prima o poi le cose sarebbero cambiate, ne era più che sicuro. Si sentiva ottimista, nonostante tutto, forse anche perché stava pedalando. Avrebbe messo da parte dei soldi e dopo la stagione dei pomodori sarebbe andato al Nord... a Milano, a Torino... oppure a Firenze. Era tutta la vita che sentiva parlare di Firenze. Se la immaginava bellissima, piena di sole, abitata da gente ospitale e allegra. Suo nonno ci era passato durante la guerra, a Firenze. Povero nonno. Quando si metteva a raccontare della guerra gli si bagnavano gli occhi, e nessuno aveva mai capito se fosse per nostalgia della giovinezza o per il ricordo di quei tempi dolorosi. Ma quando parlava di Firenze gli rideva tutta la faccia.

Aveva deciso, sarebbe andato a Firenze. Si alzò sui pedali e sorpassò i suoi compagni, che si misero a gridargli dietro ridendo. Era quasi assurdo che riuscissero a divertirsi in una situazione come quella, eppure... Imboccarono la provinciale per Carnigliola. Era domenica e non c'erano troppi camion, ma le macchine sfrecciavano veloci. Nell'aria stagnava un odore dolciastro, indefinibile, nessuno riusciva a capire cosa fosse. Dopo un po' si trovarono davanti le prostitute nere che avevano visto ogni domenica dai finestrini della corriera, e rallentarono. Vederle da vicino faceva tutto un altro effetto. Le donne li provocavano, alzandosi la gonna e chiamandoli. Erano nere come la notte. Alcune sembravano troppo giovani per quel mestiere, ma erano le più belle.

Il gruppo di polacchi passò oltre, e si fermò un centinaio di metri più avanti. Le macchine che sfrecciavano lungo la provinciale alzavano un vento caldo e puzzolente. Un ragazzo voltò la bicicletta e disse che tornava dalle nere a chiedere quanto volevano, e se non costava troppo...

Lo seguirono in quattro. Gli altri ripartirono verso Carnigliola, con una ruga di dubbio sulla fronte. Marek era con loro. Pedalava pensieroso, ignorando gli altri. Era un bel pezzo che non toccava una donna, ma non voleva piegarsi a pagare. Ogni euro che aveva in tasca valeva un litro di sudore, non poteva buttarli al vento. E comunque non era solo per questo... Gli sembrava una cosa triste, per se stesso e anche per la donna. Continuava a cercare motivi per non spendere soldi in quel modo, ma in realtà non riusciva a togliersi dalla mente una di quelle prostitute nere, anche se l'aveva vista solo di sfuggita. Era appena una ragazzina. Gli era rimasta impressa... La maglietta gialla che spiccava sulla pelle nera, i capelli nerissimi che mandavano riflessi blu, bloccati in una pettinatura da signora che non aveva nulla a che fare con lei. L'aveva vista scodinzolare insieme alle altre con quell'allegria malinconica che hanno quasi tutte le prostitute di strada, soprattutto le più giovani. Un'immagine che non voleva saperne di uscirgli dagli occhi. Sotto la scorza da puttana, era convinto di aver visto l'anima di quella ragazza. Un'anima devastata, che si nascondeva dietro ai sorrisi.

Arrivarono a Carnigliola e si dispersero nelle strade. Dappertutto si vedevano ragazze con le gonne corte e le spalle nude. Una vera sofferenza. Meglio non guardarle, molto meglio.

Marek pedalò fino alla stradina dove c'era l'internet point dell'indiano, e legò la bici a un palo con catena e lucchetto. Quando alzò la testa si vide nel cristallo di una vetrina, sotto l'occhio sinistro aveva un livido nero. Le costole gli facevano ancora male. Ma non era quello, a bruciare di più. Il dolore e la fatica poteva sopportarli, lo aveva imparato dalla sua famiglia. No, la cosa più brutta era come si sentiva dentro, soprattutto adesso che era da solo, senza la distrazione dei compagni.

Entrò dall'indiano, e come ogni volta si mise in

coda in mezzo a gente di ogni razza. Quelli che stavano telefonando facevano smorfie, si lasciavano andare ai lamenti, oppure ascoltavano ammutoliti con una mano sul capo. Era il posto più triste della Terra.

Finalmente arrivò il suo turno. La postazione puzzava come una stalla. Il pavimento era ricoperto di pezzi di carta polverosi, di briciole di pane, di fazzoletti appallottolati. Chiamò la vicina di casa di Cracovia e si fece passare sua madre, che ormai ogni domenica a quell'ora lo aspettava accanto al telefono. Mentì come sempre, cercando di apparire allegro. Sua madre si beveva ogni cosa senza sospettare niente, convinta che suo figlio stesse bene. Marek le raccontava che l'Italia era un bellissimo paese, dove tutti erano gentili. E intanto pensava che un giorno avrebbe avuto davvero una bella notizia da raccontare a quella povera donna...

«Ora ti saluto, mamma. Tra qualche giorno ti mando altri soldi.»

«Quando torni?»

«Presto, mamma.»

«Dio ti benedica...»

«Ciao, mamma.» Era stato al telefono più delle altre volte, e spese quasi sette euro. Uscì e rimontò sulla bicicletta per andare al solito bar. Qua e là si vedevano neri mezzi ubriachi che si davano spinte e ridevano, bande di rumeni silenziosi, cinesi che camminavano in fretta.

Marek entrò nel bar e ordinò una bottiglia di birra. La tv era accesa come sempre, ma lui non la guardò nemmeno. Trovò un tavolino libero e si sedette. Tra un sorso e l'altro fissava la schiuma nel bicchiere. Non riusciva a togliersi dalla mente quella bella e giovanissima prostituta nera. Da quando l'aveva vista gli era rimasta dentro una sensazione che non riusciva a capire. Un misto di euforia e di paura. Doveva smettere di pensarci. Mandò giù un lungo sorso di birra e vuotò il boccale. Entrarono due suoi compagni di baracca, presero una birra e si sedettero al suo tavolo. Si misero a parlare della loro terra, dei loro familiari, delle donne che avevano avuto. Parlavano di tutto, tranne che di pomodori.

Aleya

Il caporale fu lasciato al comando della camerata, e da quel giorno fu cento volte più cattivo. Il peggio era che Aleya si era accorta che la guardava sempre più spesso: doveva aver notato quanto era diversa dalle altre. Si copriva meglio che poteva, ma era inevitabile che risaltasse come una specie di dea, fra quelle povere donne massacrate da un lavoro senza sosta, mentre lei, con le sue gambe lunghissime, la sua pelle liscia, il suo seno appuntito e il volto perfetto, era ancora quasi intatta: sembrava che la volessero tenere lì nascosta, senza farla lavorare. Ma il riposo di Aleya non durò nemmeno una settimana. Un sabato sera fu tirata giù dalla sua branda e portata fuori, insieme ad un gruppo di altre quattro o cinque ragazze: le attendeva un vecchio furgone e mezz'ora di scosse e di nausea sulle strade secondarie, fino alla provinciale. Era una grande strada, con poche case, luci strane, gialle e fredde, su altissimi fusti di ferro. Passavano automobili e camion a grande velocità. Il primo bianco che la fece salire in macchina era un vecchio con gli occhiali. Per un momento fu presa dal terrore: somigliava a quello a cui aveva fatto male, nella casa, mentre era in piedi sul davanzale della finestra e si godeva l'idea del salto nel vuoto. Era venuto a vendicarsi? No, non era lui: i vecchi erano tutti uguali, in Italia, e lei li confondeva. Le facevano più schifo di quelli di casa sua: forse era per la loro pelle così bianca, che avvizzendosi, sottile e quasi trasparente, rivelava molto di più l'età.

La prima sera le toccarono anche tre camionisti e un paio di ragazzi, su macchine lucide, che erano forse dei principi, o figli dei capi villaggio, per come erano vestiti bene e puliti. Quando le riportarono al castello di cemento, e finalmente si poterono lavare, le altre ragazze sorridevano e dicevano che Aleya era quella che lavorava di più, che i bianchi volevano tutti lei. Alcune però non sembravano affatto contente, si erano messe dalla parte dei loro padroni e avevano molto a noia che Aleya diventasse la favorita. Così presero a farle dei dispetti, la strattonavano o la tiravano per i capelli. Aleya non capiva perché doveva subire violenza sia dagli uomini che dalle donne. Aveva sempre più spesso conati di vomito e a volte le usciva del sangue dalla bocca. Avveniva anche spontaneamente, all'improvviso, senza che il caporale la picchiasse.

Aleya non aveva mai smesso di pensare alla morte, per togliersi da tutto quanto. Aveva divelto un chiodo, lungo e rugginoso, dal pavimento di cemento sotto il suo materasso, e quasi tutte le notti si tastava i polsi, cercando le vene, e tentava di farsi venire il coraggio. Una mattina, mentre ancora tutte dormivano, e la luce filtrava attraverso il telo di plastica sporco, aveva anche provato a bucarsi con il chiodo: una volta le avevano detto che bastava trovare la vena, infilare con coraggio la punta e quando il sangue cominciava a schizzare, tirare con tutte le forze il chiodo verso il gomito, in modo da aprire la vena per la lunghezza, il più possibile. In quel modo, dicevano, la morte arrivava dolce e in breve tempo. Ma Aleya, per quanto lo desiderasse, non era riuscita a farlo. C'era qualcosa, in lei, che le impediva di tagliarsi, come era successo tanto tempo prima con il coltello, nella casa di Kha. Sembrava quasi che fosse la sua stessa pelle, nerissima e liscia come la seta, a rifiutarsi di essere scalfita: e Aleya aveva imparato ad odiarla, quella pelle splendida, perché era il motivo per cui i bianchi italiani volevano stare con lei, per cui Kha l'aveva venduta ai neri del porto, per cui lo zio Ti l'aveva sverginata e poi data a Kha.

Forse avrebbe potuto sfruttare il male che aveva nello stomaco, e se si fosse picchiata da sola, dalla bocca le sarebbe uscito tanto sangue da farla addormentare e morire senza accorgersene. Ma una soluzione più sbrigativa poteva essere anche quella di scostare il telo di plastica e buttarsi di sotto: quel palazzo in costruzione era dieci volte più alto della casa da cui l'avevano cacciata, e di sotto c'erano ferri e sassi, non l'erba soffice. Anche sulla strada, insieme alle altre, poteva tentare di mettere fine a tutto. Le automobili dei clienti si vedevano arrivare e si riconoscevano perché rallentavano e poi procedevano quasi a passo d'uomo, per scegliere la ragazza. Ma c'era anche chi passava a tutta velocità, magari per raggiungere il proprio paese e tornare dalla moglie e dai figli. Quelli andavano come il vento, e Aleya pensò che avrebbe potuto aspettare che passasse uno di loro, per buttarsi sotto le ruote all'ultimo momento.

Aveva ripreso a pensare spesso a queste cose, specie dopo che il caporale si era fissato con lei. Quando tornavano, sfinite, dalla nottata sullo stradone, lui veniva a svegliarla e la portava via dalla camerata, sempre e solo lei. Andavano in una piccola stanza, al piano di sopra. Aleya sapeva che se l'avesse denunciato ai capi, avrebbe fatto la fine della sua compagna, e non sarebbe più tornata. E allora sarebbe stato peggio per tutte, e lei non voleva il male delle altre ragazze. Il caporale era pieno di rabbia, perché non gli si drizzava mai bene. Forse il motivo era perché era proprio malato e strafatto: in quella stanza sudicia aveva le cartine con la polvere, le siringhe e tutto il resto. Aleya provò a dirgli che nella camerata c'era una ragazza molto più brava, ma il ragazzo si metteva a urlare e diceva che voleva solo lei, anche se il più delle volte non riusciva ad arrivare in fondo.

Una notte, nella stanza, Aleya vide degli strani oggetti: alcuni sembravano bottiglie, altri erano di forma strana. Il caporale li usò su di lei, provocandole dolore, mentre la obbligava a fare su di lui cose peggiori del solito. Solo in quel modo, alla fine, riuscì a concludere. Le notti seguenti le cose peggiorarono ancora, perché lui cominciò a prenderla a schiaffi, quando la costringeva a fare quelle cose, ed a un certo momento apparvero anche delle cinghie e delle fruste.

Aleya non ce la faceva più. Aveva deciso che si sarebbe buttata di sotto senza più pensarci. Una notte una bottiglia si ruppe, mentre lui gliela spingeva dentro. Il caporale si spaventò, alla vista del sangue: si mise a strillare e a prenderla a sberle, gridava che era colpa sua. Aleya cercò di raccogliere dei pezzi di vetro per tagliarsi le vene, come le avevano insegnato, ma le forze la lasciavano e non ci vedeva nemmeno più bene. Il ragazzo, pallido e tremante, chiamò i suoi padroni col telefonino e quelli accorsero quasi subito.

Marek

Era notte fonda. Marek era sfinito, ma non riusciva a dormire. Non era solo per il caldo, e nemmeno per le zanzare. Pensava ancora alla ragazza nera che batteva sulla provinciale. La vedeva passeggiare sul bordo della strada, con quel sorriso feroce negli occhi. La magliettina gialla scollata, la minigonna nera, le gambe che si muovevano nervose sopra i tacchi alti. Voleva rivederla, magari scambiare due parole con lei... non sapeva perché... forse solo per togliersela dalla mente...

Sentì un rumore e si sporse dalla cuccetta. Vide due ombre che avanzavano tra i letti, con un sacco sulle spalle. Saltò giù e prese una delle ombre per un braccio. Gli sembrò di riconoscere Zenon.

« Che fate? »

« Ce ne andiamo » sussurrò una voce.

« Dove? »

« Via da qui. »

« Non avete sentito il caporale? Non avete paura per le vostre famiglie? »

« Non abbiamo famiglia, e poi a quelle cose non ci credo. Lo dicono per spaventarci. »

« Siete senza documenti... »

« Chi se ne frega, qualsiasi cosa è meglio di questo. » Restarono per qualche secondo in silenzio, scrutandosi nella penombra.

«Buona fortuna» disse Marek, spostandosi da un lato per lasciarli passare. Sì, uno dei due era Zenon. I due uomini si allontanarono senza fare rumore e sparirono dietro la porta. Se ne andavano via, liberi. Magari non avrebbero mangiato per un giorno intero, ma erano liberi. Immaginandoli camminare nella notte, Marek sentì una punta d'invidia. Tornò a letto. Forse anche lui avrebbe fatto bene a tagliare la corda. Ma per andare dove? Era meglio se prima si metteva in tasca un po' di soldi. Doveva stringere i denti e aspettare la fine della stagione.

Quando finalmente stava per addormentarsi, sentì una specie di guaito dentro la baracca. Alzò la testa, e vide che si era svegliato anche qualcun altro. Guardavano tutti nella stessa direzione. Un altro lamento, e poi dei singhiozzi soffocati. Non c'era pace, quella notte. Marek e altri due scesero dal letto e si avvicinarono all'uomo che stava piangendo.

«Ehi, che ti prende?»

«Ti è morto qualcuno?» Gli stringevano una spalla, lo scuotevano. L'uomo teneva il viso schiacciato contro il materasso e continuava a sussultare.

«Fatti coraggio.»

«Dormici sopra...»

«Forse è meglio se lo lasciate in pace» sussurrò Marek. Altre ombre scesero dai materassi e si avvicinarono. L'uomo stava rannicchiato come un bambino e non la smetteva di singhiozzare. Faceva pena, e anche un po' ribrezzo. Marek lo conosceva solo di vista, ma non gli aveva mai rivolto la parola. Era uno di quelli che avevano fatto il viaggio con lui da Cracovia. Doveva essere il più vecchio di tutta la baracca. A un tratto l'uomo alzò la testa e si asciugò il naso con le dita. Aveva l'affanno.

« Che avete da guardare? » disse, con aria spaurita. Si ributtò giù e rimase immobile. Fu un sollievo per tutti che si fosse calmato, perché quel pianto era dentro ognuno di loro. Marek e gli altri tornarono a letto, senza dire una parola. Di nuovo silenzio, finalmente. Ormai doveva mancare poco alle cinque.

Marek avrebbe dato la paga di un giorno per dormire, ma era destino che quella notte dovesse passarla in bianco. Si rigirava sul materasso sudicio, e aveva come delle visioni... belle signore che sorseggiavano un tè in un salotto, una villa sulle colline, macchine con le ruote grandi come camion, cosce nude, chiacchiere, risate, vestiti alla moda, orecchini d'oro, occhi truccati, rossetti rossi come pomodori... mogli di uomini ricchi, uomini potenti, uomini che decidevano il destino di altri uomini, uomini che si arricchivano sulla miseria, uomini in giacca e cravatta che viaggiavano in macchine scure, uomini che in vita loro non avevano mai visto un pomodoro attaccato alla pianta.

Aleya fu curata da una donna che le mise dei punti, facendole un male terribile. Fu riportata in camerata e rimase a riposo due giorni e due notti intere. Il caporale sparì di nuovo dalla circolazione e stettero tutte un po' più tranquille. La vita aveva preso a scorrere con una regolarità a suo modo rassicurante: si svegliavano a metà mattina, mangiavano e andavano al lavoro in piccoli gruppi, coi furgoni. Poi c'era il ritorno, la piccola liberazione di lavarsi come meglio potevano, e finalmente qualche ora di riposo.

Il caporale però tornò dopo appena una settimana, lasciando Aleya impaurita e piena di meraviglia, mentre tutte le altre se lo aspettavano e accolsero il rientro del reuccio senza scomporsi. Doveva averne passate di brutte, perché adesso guardava Aleya con odio, non più con desiderio. La prima notte la portò di nuovo nella stanzina. Aleya non voleva, ma non aveva la forza di ribellarsi, né di gridare: aveva capito che non serviva a niente, che anzi era peggio. D'altra parte lo aveva sempre saputo, che doveva fare tutto quello che i bianchi volevano da lei: non solo i padroni onnipotenti, quelli che l'avevano portata nella casa, vestita con gli abiti di seta e poi precipitata nell'inferno, ma anche gli ultimi rifiuti umani, tipo quel giovane moribondo senza denti e dall'alito fetido come una tomba scoperchiata. Il caporale aveva la faccia rossa e rideva. Diceva che gli avevano dato delle medicine e che adesso non aveva più problemi, con le donne. Ma le pillole non funzionarono tanto bene, e allora prese una delle bottiglie, la spaccò e la puntò contro di lei.

Aleya non si rese bene conto di quello che faceva. Forse il caporale era paralizzato dalla sorpresa, forse gli avevano fatto male quelle medicine, ma rimase fermo mentre lei gli tagliava la faccia con una grossa scheggia di vetro, piano piano, disegnando delle grandi croci rosse sulla sua pelle bianca e malata. Il sangue sembrò riempire tutta la stanza.

Si aspettava una punizione terribile. Sperò tanto che la uccidessero subito, in fondo era quel che voleva. Invece la portarono nella stanza dove si lavavano, la misero nuda contro una parete e la innaffiarono, prima con una canna e poi con secchiate d'acqua gelida. Le sembrò di affogare, ma non era affatto come se l'era immaginato nel suo verde mare, la dolce morte liquida che sognava tutte le notti. Poi due bianchi grandi e grossi bagnarono bene degli asciugamani e li arrotolarono. Presero a picchiarla selvaggiamente, sempre in quel modo diabolico per cui non le restavano i segni. Quando sveniva, le buttavano ancora addosso l'acqua, poi la rimettevano in piedi e la colpivano di nuovo. Dopo un tempo lunghissimo, la avvolsero in un asciugamano e la misero a letto.

Quella notte venne a trovarla il capo dei bianchi in persona. All'inizio Aleya non avrebbe saputo dire se fosse un sogno o una persona reale. Nella luce pallida dei lampioni e dei fari delle macchine, che filtravano dal telo di plastica, le parve che sorridesse, paterno, mentre si sedeva sul materasso e le accarezzava delicatamente il ricciolo sul labbro, con la punta del dito. Era un quarantenne in giacca scura e cravatta, senza codino, pulito e profumato, con un paio di occhiali rassicuranti. Aleya voleva chiedergli che la ammazzassero, finalmente, ma riusciva solo a balbettare sillabe senza senso. Il capo le parlò dolcemente, con lentezza, in modo che capisse quel che le diceva. Ormai Aleya aveva preso confidenza con l'italiano, e afferrò bene il senso delle parole. L'uomo le spiegò che secondo lui era stato un errore, picchiarla in quel modo: era la ragazza più bella e redditizia che avessero avuto in tanto tempo, e se fosse arrivato prima l'avrebbe impedito. Ma doveva aspettarselo, perché non era certo finita per caso in quell'inferno... Ancora si chiedeva, il quarantenne, perché mai Aleya avesse colpito il vecchio, nella casa di lusso, mettendo a rischio tutta l'organizzazione: era un cliente importante, e gli aveva fatto davvero male. Così facendo aveva perso una sistemazione invidiabile, per cui tutte le ragazze, in quella camerata, avrebbero dato chissà che. C'era voluto un gran daffare, con tutte le conoscenze giuste, e anche qualche minaccia personale, per impedire al vecchio di denunciarli e mandare tutto all'aria. Nessuno dei suoi soci si aspettava che una ragazza così giovane, appena arrivata dalla Nigeria, potesse combinare tanti guai... Poteva ritenersi molto fortunata, ad essere finita tra le puttane del castello di cemento. Il suo nome infatti era stato messo tra quelli di cui dovevano disfarsi. Ma lui era riuscito a convincere i suoi soci che Aleya, la bellissima africana, non era pazza né pericolosa, che avevano solo sbagliato a metterla subito nel giro grosso. Le sue qualità fisiche erano straordinarie, era evidente a tutti. Così aveva ottenuto di farla sparire per un po', mettendola sulla strada: doveva essere solo uno spostamento temporaneo, per confonderla tra le altre ragazze... Se a far male al vecchio fosse stata un'altra, aggiunse l'uomo con un sorriso triste, sicuramente sarebbe stata fatta a pezzi e gettata ai maiali, o forse le avrebbero fatto fare un'altra fine, magari bruciata viva in un incidente, una disgrazia come ne succedevano tante. Aleya ascoltava quelle parole dette piano, dolcemente, con gli occhi spalancati per l'orrore. L'uomo disse anche che lui era il capo di quella zona e mai aveva parlato così a una delle ragazze, e si aspettava che Aleya capisse il proprio errore. In quel caso, dopo un po' di tempo sulla strada, avrebbero fatto una grande eccezione e l'avrebbero accolta di nuovo nella casa, per riprendere a vedere solo clienti di riguardo... Erano in molti, che la volevano. Lui lo sapeva bene che il caporale era un drogato impotente, tanto che avevano deciso di eliminarlo. Ma anche con lui, perbacco... Come le era saltato in testa di tagliargli la faccia con le schegge di vetro? Che facesse la brava, e non l'avrebbero fatta a pezzi e data ai maiali: ma doveva ricordarsi che lui, il capo, aveva una sola parola.

L'uomo le mise la grande mano sul collo, e strinse un po', prima dolcemente, poi sempre di più, e Aleya si sentì soffocare: se la stava uccidendo, avrebbe accolto la fine con gratitudine. Invece, all'ultimo momento il capo lasciò la stretta. Il sole era alto nel cielo, e la stanza era illuminata di quella strana luce innaturale. Vide che l'uomo le sorrideva ancora. Aleya fece cenno di sì con il capo: aveva capito. L'uomo se ne andò, e mentre si allontanava Aleya sentì la scia del suo profumo, un odore forte e dolce, che le fece venire la nausea, e con quella il dolore allo stomaco.

Marek

Quella mattina alla piantagione si avvertiva nell'aria una forte tensione. I guardiani erano più nervosi del solito, si guardavano intorno con facce preoccupate. Sotto il sole impietoso il lavoro procedeva come sempre. Centinaia di schiene spuntavano sopra il verde delle piante. Le casse venivano riempite di pomodori e scaricate dentro i pianali dei camioncini.

Verso le sette si sentì un brusio di motori, e poco dopo apparvero due enormi autocarri che trasportavano due grandi scavatori. Andarono a fermarsi a qualche centinaio di metri dai raccoglitori, lungo una striscia di terra non coltivata. I guardiani parlottavano tra loro, lanciando occhiate in giro. Gli scavatori vennero scaricati dagli autocarri e cominciarono subito a smuovere la terra. Marek spiava la scena senza smettere di lavorare. Gli scavatori erano impegnati a fare una grande buca, e accanto ai loro bracci in movimento si alzava una montagna scura.

Dopo poco più di un'ora arrivarono altri cinque camion carichi fino all'orlo. Uno dopo l'altro rovesciarono il loro carico nella buca appena fatta e se ne andarono. Subito dopo gli scavatori spinsero la terra sopra la buca, e dopo averla spianata furono di nuovo caricati sui due autocarri. Un minuto dopo era come se nulla fosse successo. I guardiani sembravano più tranquilli, adesso. A poco a poco nell'aria cominciò a diffondersi uno strano odore. Era dolciastro, ma anche acido. Un misto di uova marce e di latrina, che si appiccicava alla pelle sudata.

All'una si fermarono tutti per mangiare. Si sedettero in terra, aprirono gli zaini e tirarono fuori i loro cartocci. Il fetore arrivava a ondate, a momenti era così forte che faceva lacrimare gli occhi. Un senegalese nero come il carbone addentò il suo panino e si avviò verso il punto dove i camion avevano scaricato il loro carico immondo e gli scavatori lo avevano ricoperto di terra. Un guardiano gli andò dietro, e lo afferrò per un braccio.

« Dove cazzo vai, muso nero? »

« Che hanno messo laggiù? »

« Torna al tuo posto. »

« Non senti puzzo? »

« Non sento nulla. »

« Voglio vedere... »

« Non c'è nulla da vedere, torna al tuo posto » disse il guardiano, inclinando la testa da un lato con aria infastidita.

« Quella roba puzza forte » disse l'africano. Un pugno in piena faccia lo fece rotolare in terra. Arrivò un altro guardiano. Trascinarono il nero fino ai furgoni, lo gettarono a terra e cominciarono a picchiarlo con i bastoni, ignorando le sue urla. Marek si era alzato in piedi e fissava la scena. Si sentiva un vigliacco, ma era troppo stanco per sopportare le botte. Nemmeno gli altri ebbero il coraggio di intervenire.

Il pestaggio finì, e i guardiani si attaccarono alle borracce. Era faticoso dare bastonate, con quel caldo. L'africano era rimasto a terra. Si lamentava debolmente, muovendosi appena. Marek si rimise a sedere. Ingoiava rabbia, ma che poteva farci? A cosa sarebbe servito fare l'eroe?

Quelli che avevano già finito di mangiare si sdraiarono in terra, per cercare di recuperare un po' di forze. Lentamente l'africano si riprese, e appena riuscì ad alzarsi in piedi se ne tornò al suo posto senza fiatare. I guardiani urlarono che era tempo di rimettersi a lavorare, e le mani ricominciarono a staccare pomodori. Solo un ragazzo eritreo rimase sdraiato, immobile, con la faccia contro il cielo. Nemmeno lo stivale del guardiano riuscì a rianimarlo. Era morto. Non avrebbe più raccolto pomodori. Lo trascinarono per le braccia e lo caricarono sul pianale di un furgone. Uno dei sorveglianti fece una telefonata al cellulare, poi montò alla guida e partì senza fretta. Il giorno dopo si venne a sapere che l'eritreo era stato scaricato di notte davanti al nuovo ospedale di Carnigliola.

Aleya

Il caporale non tornò davvero più. Quando Aleya riuscì a rimettersi in piedi, la riportarono sullo stradone, insieme alle ragazze. Erano a distanza di venti metri una dall'altra. Il sole era basso, presto sarebbe cominciato l'interminabile crepuscolo, così diverso da quello di casa sua, in Nigeria, che calava di colpo come una coperta nera e morbida. In quella pianura umida e puzzolente, invece, i colori si spegnevano a poco a poco, diventava tutto grigio e freddo. Quando il sole calava, i fari delle macchine le illuminavano una dopo l'altra, come delle statue nere, immobili. Si fermarono subito due auto, per lei. La portiera della prima si aprì e apparve la faccia di un uomo giovane, ma senza capelli. Le chiese quanto voleva e lei rispose meccanicamente, poi salì in macchina. L'uomo partì di scatto, e le gomme fischiarono sull'asfalto viscido: era una macchina potente, e Aleya si trovò incollata al sedile di pelle. Indicò all'uomo il posto dove doveva andare, che era lì vicino, ma quello aveva uno strano sorriso e scuoteva il capo. La macchina rombò velocissima sullo stradone, allontanandosi sempre di più dal posto di Aleya. C'era un boschetto, a sette o otto chilometri, e Aleya ebbe paura. Cominciò a gridare, poi cercò di colpirlo con la borsetta, ma quello le tirò una sberla e tirò fuori un coltello. Aleya vide il bagliore sull'acciaio e si irrigidì. Avrebbe voluto morire, sì, ma non voleva essere seviziata da un maiale bianco. Come temeva, la macchina entrò nel boschetto. Finalmente il guidatore si fermò, si girò verso di lei e cominciò a roteare il coltello a un centimetro dal suo viso. Le disse che l'aveva riconosciuta, che era una di quelle che stavano nella casa e che andavano coi clienti speciali… Anche lui era un cliente di riguardo, e voleva le stesse prestazioni particolari degli altri, di cui si diceva in giro… Aleya cercò, con il suo povero italiano, di spiegargli che non c'era nessun gioco particolare, che lei non sapeva fare altro che le solite cose, ma quello rideva e scuoteva il capo: voleva qualcosa di diverso. Aleya gli disse che poteva prenderla davanti e dietro, che lei poteva lavorare con la bocca, anche bene, ma che non le facesse del male. L'uomo calvo le disse che voleva farlo senza preservativo. Aleya scosse forte la testa: no, quello no, davvero. Allora il cliente si arrabbiò. Accese l'autoradio e una musica strana, forte e ritmata, ossessiva, cominciò a scuotere la macchina: Aleya gridò, ma quel frastuono era fatto apposta per coprire le sue urla. L'uomo la teneva ferma con una mano, mentre con l'altra, che impugnava il coltello, le tagliò il vestito che aveva addosso, poi le fece un lungo graffio sulla pelle nera. Aleya sentì il cuore che le si fermava, lo stomaco attanagliato da una mano di ferro: singhiozzò, mentre qualcosa di caldo e dolciastro le risaliva velocemente in gola, e vomitò il suo sangue addosso all'uomo.

Il grido, quasi un ruggito, fu più forte della musica. Il bianco le si avventò contro, voleva punirla duramente per averlo sporcato. Aleya piangeva, con una mano si teneva un pezzetto della minuscola gonna, abbandonò la borsetta e riuscì a scappare dalla macchina. L'uomo mise in moto, i grandi fari bianchi si accesero, Aleya li vide frugare veloci fra i tronchi, poi la macchina si girò e cominciò a seguirla, mentre lei correva disperata verso la strada. Le usciva ancora sangue dalla bocca, vomitava e piangeva, scossa da colpi di tosse convulsa. Il dolore nello stomaco era come un gatto vivo, sentiva la faccia gelida, il sudore le scendeva dalla fronte e le colava dappertutto.

Aleya correva, e dietro di lei c'era il bianco calvo, sporco del suo sangue, che la seguiva a bordo della sua auto potente, solo per terrorizzarla, per farle ancora più male: un porco italiano, come tutti gli altri. Maiale come i neri del suo villaggio, come Kha, come lo zio Ti, come tutti gli uomini del mondo. Finalmente uscì dal boschetto. Sulla strada passarono due macchine, una dietro l'altra, e Aleya stava nel mezzo, praticamente nuda, sporca di sangue, e cercava di farle fermare, ma quelle suonavano il clacson e la scansavano. Anche il calvo, con la sua automobile veloce, quando fu sulla strada scappò via. Aleya restò sola.

Marek

Una mattina alla piantagione arrivò un motorino con sopra un prete. Si voltarono tutti a guardarlo, incuriositi. Il prete si mise a parlare con due dei sorveglianti, che lo guardavano con il bastone appoggiato sulla spalla. A poco a poco la conversazione si animò, e Marek tese l'orecchio per capire cosa stesse succedendo. Riuscì a cogliere solo qualche parola... *schiavi... inammissibile... disumano...* A un tratto il prete cominciò a camminare verso i raccoglitori, ma non fece in tempo a fare cinque passi... I guardiani lo presero per le braccia e lo trascinarono al suo motorino. Gli si fecero intorno in cinque o sei, volò anche qualche schiaffo, e il prete fu costretto ad andarsene. Era così triste vedere quella tonaca nera allontanarsi sopra un ferro vecchio che ronzava.

Alle due faceva talmente caldo che i sorveglianti decisero di sospendere la raccolta per andare a fare una siesta. Caricarono tutti sui camion e li portarono alle baracche. Nessuno andò a sdraiarsi sui materassi, faceva troppo caldo là dentro. Si radunarono tutti intorno all'unico rubinetto, e a turno cercarono di togliersi di dosso la colla del sudore.

« Chissà che razza di merda hanno scaricato in quelle buche » disse uno.

« Magari fosse merda... » disse un altro. Qualcuno si mise anche a ridere.

Seduti all'ombra delle baracche si godevano quel piccolo miracolo, felici di non avere il rosso dei pomodori davanti agli occhi. Marek stava appoggiato con le spalle ai mattoni e fumava una sigaretta, guardando il cielo limpido. Lasciava che la sua mente vagasse senza regole. Pensava a quando era bambino, pensava a suo padre, a sua madre, pensava al prete sul motorino, agli scavatori che spianavano la terra, alla bella ragazza nera che forse domenica avrebbe rivisto... chissà come si chiamava, quanti anni aveva, da dove veniva...

Un ragazzo andò a sedersi accanto a lui. Aveva il viso magro, pieno di bolle, e sembrava molto impaurito. Marek si ricordava di averlo visto mordersi le unghie a sangue durante il viaggio da Cracovia, ma non ci aveva mai parlato.

« Quanti anni hai? » gli chiese.

«Sedici» disse il ragazzo.

«Tua madre ti ha lasciato partire?»

«A mia madre non importa nulla di dove vado.» Rimasero in silenzio. Possibile che non avessero più nulla da dirsi? Erano partiti tutti e due da Cracovia, conoscevano le stesse strade, le stesse piazze, avevano respirato la stessa aria... Marek chiuse gli occhi e cercò di dormire, ma non era facile con le zanzare che pungevano e ronzavano nelle orecchie.

Alle quattro arrivarono i furgoni, guidati dai guardiani ancora assonnati. Montarono tutti sui pianali e poco dopo erano di nuovo alla piantagione. I pomodori erano caldi, pieni di succo, ma nessuno li mangiava più. Nell'aria stagnava ancora il puzzo di quella roba che avevano scaricato.

Stranamente, un rumeno stava lavorando a pochi passi da Marek. Di solito non succedeva, non li mescolavano, e non certo perché potessero parlare tra loro... I guardiani non volevano sentir volare una mosca. Ogni parola poteva essere un pomodoro in meno. Il rumeno si voltava di continuo a guardare Marek. Sembrava che avesse una gran voglia di parlare, e infatti...

«Devo andare via da qui» sussurrò cupo, in italiano.

«Torni a casa?» disse Marek, sempre a sussurri.

«Devo andare a salvare mia sorella.»

«Dov'è tua sorella?»

«Lontano, vicino Napoli.» Adesso non si guardavano, per non insospettire i guardiani.

«Che fa tua sorella?»

«Uomini cattivi hanno preso lei, uomini italiani. Mia sorella prigioniera. Loro fanno lavorare in circo, cose pericolose.»

«Quali cose?» chiese Marek, mordendosi le labbra: la parola circo aveva svegliato nella sua mente un ricordo lontano, che subito ricacciò indietro. Il rumeno aspettò che il guardiano si voltasse dall'altra parte.

«Mia sorella fa spettacolo con serpenti velenosi e anche in vasca con pesci che mangiano carne.»

«I piranha?»»

«Sì, quelli...»

«Che vuoi fare? Andare alla polizia?»

«No, polizia mi spedisce mio paese. Io vado prendere mia sorella e se padroni di circo vogliono fermare me, io uccido.»

«E come?»

«Taglio gola. Non ho paura tagliare gola. Al mio paese vivevo a campagna, ho tagliato gola molti animali.»

«Sei pazzo...» disse Marek. Ma in realtà pensava: fai bene, rumeno, fai benissimo, vai a salvare tua sorella, portala via e taglia la gola a tutta Italia, lavati le mani con il sangue di questa gente...

«Devo salvare mia sorella» disse ancora il rumeno,

a voce troppo alta. Un guardiano lo sentì, e si avvicinò a passi lenti facendo strusciare il bastone in terra.

«Te vai laggiù» disse a Marek, indicando una zona dove non c'era nessuno. Marek si allontanò di una ventina di metri, obbediente come un cagnolino, schiacciato dalla vergogna.

Aleya

Aleya era su una strada in mezzo alla campagna, lontana da qualsiasi cosa. C'era la luna piena, alta nel cielo. Vedeva solo un casolare e il nastro dell'autostrada, con le macchine che correvano veloci. Cosa avrebbe fatto, adesso? Benché fosse agosto aveva freddo e tremava tutta. Decise di andare a chiedere aiuto agli abitanti del casolare. Attraversò i campi coperti dal grano tagliato che le feriva le caviglie, superò canaletti pieni di acqua sporca, scavalcò delle recinzioni basse. Al villaggio, quando i suoi genitori erano ancora vivi, bisognava aver paura delle bestie feroci. Succedeva, a volte, che qualche bambino molto piccolo si allontanasse dal perimetro delle capanne e andasse nell'erba alta: più di una volta ne avevano approfittato le leonesse, o i leopardi. Anche lei, una sera, avrà avuto quattro anni, era un ricordo lontanissimo, ne aveva visto uno. Era oltre la radura e la guardava fisso: aspettava che lei facesse un passo oltre il confine invisibile del villaggio e si addentrasse nella savana.

Anche in Italia c'erano le belve feroci, erano gli uomini: Aleya guardava oltre l'erba, oltre le recinzioni, e si aspettava di vedere due occhi gialli luminosi che la fissavano, come il leopardo di quella sera remota, ma stavolta sarebbero stati gli occhi di un uomo bianco, con il coltello lucente, oppure in giacca e cravatta e con le mani grandi, pronte a stringere. Cercava gli occhi delle belve, intorno a sé, ma non ne vedeva. Avrebbe voluto una donna a cui chiedere aiuto. Quando fu vicina al casolare, sentì i cani che abbaiavano. Aveva una gran paura anche di loro: tanti anni prima, al villaggio, uno grosso e affamato l'aveva rincorsa dalla casa di un anziano fino alla sua capanna. L'aveva sentito ansimare dietro di sé e aveva visto biancheggiare i suoi denti.

Nel casolare c'era della gente, perché vide la luce dietro le finestre. L'abbaiare feroce di un grande cane nero la immobilizzò: era legato ad una lunga catena, e se si fosse avvicinata, avrebbe potuto staccarle una gamba o azzannarla alla gola. Non era nemmeno in quel modo, che voleva morire. Gridò verso la finestra illuminata, mentre si faceva sempre più buio. Gridava e piangeva. Solo dopo un lungo tempo la finestra si aprì e si affacciò una donna, che le disse qualcosa e poi richiuse. Aleya richiamò tutte le sue forze e urlò di nuovo, chiese aiuto nella sua lingua, poi in quella degli italiani. Era una donna anche lei, che la aiutasse, perché non ne poteva più. Finalmente la finestra si aprì di nuovo. La donna era di mezza età. Le disse di andare via, e richiuse. Poi si spensero anche tutte le luci.

Aleya aveva le gambe coperte di sangue, per l'erba cattiva e le reti delle recinzioni. Piangeva e cercava di tornare alla strada. Forse la sua famiglia erano le altre ragazze come lei, una ogni venti metri, sullo stradone.

Piangeva e camminava, non aveva niente, nemmeno il più pallido barlume di speranza, una qualsiasi, nemmeno la prospettiva di morire e volare via. Camminò per tanto tempo, forse ore, e c'era la luna alta in cielo, piena e bianca, che era simile a quella di casa sua. Vide due grandi fari, davanti a lei, che si avvicinavano lentamente. Questa volta, quando si mise ferma in mezzo alla strada, alzando le braccia e chiedendo aiuto, la macchina, invece di andar via sgommando come le altre, si fermò. Ne scese un ragazzo in divisa: era simile ai signori della guerra, a casa sua. Aleya ebbe l'istinto di scappare, ma qualcosa la costrinse a stare immobile. Guardò meglio la macchina: era scura e con delle scritte grandi, in bianco, sulle fiancate. Il ragazzo le chiese cosa ci facesse, lì, e perché era conciata a quel modo. Aleya usò tutte le parole giuste che riuscì a trovare, pianse e implorò aiuto, raccontò la sua storia, disse di quello che le avevano fatto. Il giovanotto in divisa la lasciò parlare. Poi le fece cenno di andar via. Aleya non riusciva a crederci: non l'avrebbero aiutata? Il ragazzo disse che erano tutte esagerazioni, che tornasse dalle sue amiche, e indicò dei fuochi, lì vicino: Aleya non se ne era resa conto, aveva camminato per nove chilometri, come un cacciatore della savana, grazie alle sue lunghissime gambe nere e lisce come la seta, che adesso erano piene di graffi.

Una delle compagne le venne incontro, proprio mentre le forze la lasciavano e si afflosciava sull'asfalto. Fu portata vicino al fuoco, la spogliarono degli stracci lacerati e le misero addosso una coperta. Quando alla fine arrivò il furgone che riportava le ragazze al loro dormitorio, nessuno disse nulla. La trascinarono di peso nella camerata e la gettarono sul materasso, mentre lei era già incosciente, preda di un sonno potentissimo senza sogni, un sonno di morte.

Marek

Gli era rimasta in mente quella parola: circo. Continuava a riempire le ceste con gesti automatici, senza nemmeno vedere le proprie mani che staccavano i pomodori. Non era più in quel campo, sotto quel sole... Era in un altro tempo, in un posto lontano da lì... un pomeriggio di quando era bambino... era domenica... suo padre lo portò a vedere il circo che si era accampato alla periferia di Cracovia. Era la prima volta che lui andava al circo, e rimase a bocca aperta. Uomini che lanciavano in alto palle colorate e le riprendevano al volo per lanciarle di nuovo, donne che volavano in aria e venivano afferrate da mani robuste, facce buffe con una pallina rossa al posto del naso, piramidi umane, cavalli, elefanti, maghi con il cilindro che facevano sparire conigli e segavano in due una donna. A un certo punto arrivarono degli uomini in tuta trasportando a mano delle alte inferriate, e dopo pochi minuti l'arena del circo si trasformò in una grande gabbia circolare. Marek chiese a suo padre a cosa servivano le sbarre.

«Arrivano i leoni» sussurrò suo padre, sorridendo, e Marek sentì un tuffo al cuore. I leoni... li aveva visti solo disegnati sui libri, i leoni. Una voce annunciò l'inizio dello spettacolo, e la musica accompagnò l'ingresso del domatore. Era un uomo piccolo, con il cappello a cilindro e un vestito bianco pieno di brillantini luccicanti. In mano aveva una frusta lunghissima. I bambini gridavano, eccitati. Finalmente da una galleria fatta di sbarre entrarono tre leonesse e un leone, e andarono a piazzarsi sopra dei grandi sgabelli. Erano bellissimi. Nell'aria si diffuse un odore di bestia feroce. Il domatore cominciò a far schioccare la frusta, e le belve obbedivano saltando qua e là come gattini. A suon di musica una leonessa camminò su due zampe, e una spiccò un salto da uno sgabello all'altro. Marek era al settimo cielo, e stringeva la mano di suo padre.

Tutti e quattro i leoni saltarono dentro un cerchio di fuoco, e ci fu un lungo applauso.

Ma il momento più emozionante doveva ancora arrivare. A un cenno del domatore la banda smise di suonare, e cominciò un rullo di tamburi.

« Che succede? » chiese Marek con un filo di voce.

« Adesso vedi » disse suo padre. Il domatore si avvicinò al leone e gli fece una carezza sul muso. Solo in quel momento Marek capì quanto era imponente un leone. Le sue zampe erano immense. Il domatore lasciò andare la frusta in terra. Si tolse il cappello e lo gettò via. Il rullo di tamburi si fece più rapido e più sommesso. Il domatore invitò con un gesto il leone a spalancare la bocca, e lentamente infilò il capo tra le due file di denti... un secondo, due secondi, tre secondi... Il leone chiuse la bocca di colpo, fece uno scatto con il collo e si sentì uno schianto... Le donne scoppiarono a gridare, tappando gli occhi ai bambini, mentre il corpo decapitato del domatore si afflosciava a terra come uno straccio, buttando sangue dal collo... Un attimo dopo il leone aprì la bocca e lasciò andare in terra il capo, che rotolò come una palla... Si precipitarono tutti verso l'uscita, travolgendo i più lenti e calpestando chi restava a terra. Dall'altoparlante una voce gridava di stare calmi, assicurava che non c'era nessun pericolo per il pubblico. Marek si era attaccato al collo di suo padre, affascinato e inorridito. Non riusciva a staccare gli occhi dal corpo insanguinato del domatore, dal capo caduto nella sabbia, dal leone che passeggiava tranquillo lungo le sbarre con il muso macchiato di sangue.

Aleya

La mattina dopo le misero un cappuccio in testa e la portarono di peso in un altro furgone chiuso. Aleya si chiese in che cosa avesse disobbedito, questa volta, al capo dei bianchi. Non aveva fatto male a nessuno, era solo sfuggita a un cliente che voleva tagliarla con un coltello. Poi capì: era perché aveva parlato agli uomini in divisa. Anche quella era una cosa che non veniva perdonata. Era sicura che l'avrebbero data in pasto alle bestie, come le aveva detto il quarantenne, la notte che era venuto a parlarle. Oppure l'avrebbero fatta sparire in una di quelle montagne di rifiuti su cui volteggiavano i gabbiani, e che lei vedeva dallo stradone dove lavorava. Sperò con tutto il cuore che fosse così e che la uccidessero subito, senza altro dolore e umiliazione.

Invece la portarono lontano, perché l'ordine era solo di farle cambiare completamente zona. Mentre era chiusa nel buio, tra le lamiere arroventate dal sole alto, Aleya si chiedeva dove stessero andando: la montagna dei gabbiani era di certo già passata da un pezzo. Aveva sempre il cappuccio in testa, e adesso avrebbe anche potuto toglierselo, ma lo tenne perché in qualche modo la proteggeva dalla paura. Aveva visto da lontano, una volta, un plotone degli uomini dei signori della guerra, che sparavano tutti insieme ad un uomo legato a un palo, e lui aveva in testa un cappuccio simile al suo. Capì che serviva per difenderlo dall'orrore, e così Aleya si sentì uguale a lui e non lo tolse mai, cercandovi un conforto qualsiasi.

Il furgone correva liscio, senza scosse, e le pareva velocissimo. Forse erano sull'autostrada. Passò un'ora, poi un'altra e un'altra ancora: Aleya doveva fare i suoi bisogni e batté forte contro la parete metallica, ma nessuno le dava retta. Si accovacciò in un angolo, e piangendo per lo schifo si liberò. Poi si rannicchiò nell'angolo opposto, con le braccia strette intorno alle gambe, come faceva nella casa di zio Ti: quelle quattro pareti di lamiera non erano tanto diverse dalla poverissima capanna del suo villaggio. Il movimento del furgone la cullava senza scosse, e stavolta, dopo tanti anni, riuscì a mettere a fuoco, anche se solo per un attimo, il volto di sua madre: era bella più di lei, e le sorrideva. Quel ricordo bastò ad Aleya per chiudere gli occhi e per non sentire più le sei ore di viaggio che seguirono, senza alcuna fermata.

Quando finalmente la corsa terminò, l'autista aprì la portiera, bestemmiando per il puzzo che aveva invaso l'interno del furgone, le tolse il cappuccio e la buttò fuori. Ripartì subito, sgommando. Aleya sentì caldo, e un vago profumo nell'aria. Non c'era più la nebbia, né le luci gialle sugli altissimi pali di acciaio: vide delle colline brulle, e dall'altra parte, lontano, il mare. Si rese conto che era la terza volta, in vita sua, che lo vedeva davvero: la prima era stata con suo padre e sua madre, poi al porto e durante la traversata. Adesso era di nuovo una visione amichevole, che la attirava. Forse, presto, ci avrebbe camminato dentro fino a sparire.

Era ancora sporca, sudata, e si sedette sul muretto che fiancheggiava la strada. Avrebbe voluto lavarsi, dormire, lasciarsi andare nel nulla. Si sentiva alla fine di un viaggio interminabile, che era cominciato nella capanna di zio Ti e che in qualche modo sentiva che si stava per concludere. Udì il rumore di un motorino, che si avvicinava. Lo vide, in una nuvola di polvere, provenire da una sterrata che si immetteva sulla provinciale. Sopra c'erano due bianchi giovanissimi, che quando furono davanti a lei si fermarono. Erano più scuri di pelle degli italiani che aveva visto fino ad allora, e coi capelli neri e ondulati. Le dissero qualcosa, gesticolando, mentre il motorino continuava a gridare. Aleya scosse il capo: non poteva andare con loro, non in quel momento. Ma i due insistevano e ridevano, e avevano denti bianchi quasi come quelli degli uomini di casa sua. Il più giovane scese dal motorino, e l'altro la invitò a prendere il suo posto: era un ordine perentorio, benché fosse solo un ragazzino.

L'altro se ne andò, e il motorino partì, sbilanciato, poi acquistò velocità, lungo la strada. Aleya sentiva il vento in faccia e le piaceva. Ai lati si stendevano campi sterminati, e in mezzo al verde delle piante si vedevano uomini neri inginocchiati per terra.

Aleya e Marek

Marek stava pedalando da solo lungo la provinciale, con le macchine che gli passavano accanto. Alla baracca era riuscito a sganciarsi dai compagni che andavano a Carnigliola in bicicletta, inventando una scusa. Voleva fermarsi dalle prostitute nere, per rivedere quella con la magliettina gialla. Non sapeva bene cosa avrebbe fatto, ma voleva rivederla.

Finalmente apparvero dei vestiti colorati, laggiù in fondo. Le macchine si fermavano, ripartivano. C'era un gran movimento. Marek pedalò più forte, poi rallentò per guardare bene le ragazze. Lei non c'era. Si fermò davanti a una con il seno enorme. La ragazza gli si avvicinò.

« Scopare? » disse.

« Dov'è quella con la maglietta gialla? » fece Marek, guardandosi intorno.

« Hamidah? Non più qui, hanno portato via. »

« Portato via? »

« Due giorni fa. »

« Dove? »

« No sapere nulla. » Le macchine continuavano a fermarsi, e gli uomini si sporgevano a contrattare.

« Tornerà? » chiese Marek.

« No sapere nulla. »

« Grazie lo stesso. » Si sentiva oppresso dalla tristezza. Non avrebbe mai più visto quella bella ragazza, ma non poteva farci niente. Salutò la nera e appoggiò il piede sul pedale per partire… In quel momento sull'altro lato della strada si fermò un motorino, guidato da un ragazzo giovanissimo. Dietro c'era un'altra ragazza nera, che scese a terra. Il motorino ripartì subito. La ragazza rimase immobile per un momento, poi avanzò verso le altre. Marek rimase a bocca aperta. Era bellissima, molto più bella di magliettina gialla… gli sembrava la donna più bella che avesse mai visto. Due grandi occhi obliqui e luminosi si aprivano come finestre sul suo viso nerissimo.

Sul labbro superiore, una piccola cicatrice a forma di ricciolo, che forse la rendeva ancora più bella. Passandogli accanto, la nera gli lanciò una lunga occhiata. Aveva lo sguardo freddo, indifferente. Marek voltò la bicicletta e le andò dietro, affascinato. La ragazza aveva addosso dei vestiti non troppo puliti, un po' strappati. Marek la seguiva a distanza, emozionato come un ragazzino. Gli sembrava assurdo che il cuore gli battesse così forte: in fondo non era che una prostituta, una povera schiava come lui.

La nera si fermò, non troppo vicina alle altre. Dopo un secondo una grande Mercedes bianca accostò al bordo della strada, e lei si appoggiò con i gomiti al finestrino aperto. Marek stava a qualche metro, sbirciando la scena. Sperava che lei non montasse. A un tratto la nera si tirò su e la Mercedes partì con calma. Alla guida c'era un trentenne elegante, che andò a parlare con un'altra ragazza. Marek si fece coraggio e si avvicinò. Si aspettava la solita domanda: Scopare? Invece lei non aprì bocca. Piegò appena le labbra in un'ombra di sorriso. Anche lui cercò di sorridere.

«Ciao, come ti chiami?» Ma che cazzo stava dicendo? Non stava mica abbordando un'impiegata all'uscita dal lavoro.

«E tu?» disse la ragazza, fissandolo negli occhi. Era difficile reggere quello sguardo.

«Io... Quanto vuoi per... scusa, io non so...» Non riusciva nemmeno a parlare. La ragazza sorrise.

«Non hai macchina?» disse.

«Ho solo la bicicletta.»

«Vieni.» Aleya s'incamminò nell'oliveto ondeggiando sui fianchi, forando la terra con lo spillo dei tacchi. Marek la seguì spingendo la bicicletta sulle zolle spaccate dal sole, affascinato da quella dea nera. Guardava le sue lunghe gambe nude, quel sedere che emanava gioia di vivere... ma non era solo per quelle cose che si sentiva attratto da lei. Erano stati soprattutto i suoi occhi a colpirlo, sembravano due pezzi di ghiaccio appena caduti nella brace.

Arrivarono vicino a una masseria diroccata, quattro muri senza tetto che non erano buoni nemmeno per farci dormire i raccoglitori. Intorno solo erbacce, olivi contorti, la pianura abbagliata dal sole. Marek era stordito dalla bellezza di quella ragazza. Aleya si lasciò andare seduta sopra una grossa pietra, si tolse le scarpe e cominciò a massaggiarsi i piedi.

« Di che paese vieni? » disse.

« Polonia. » Marek era a un passo da lei, con le mani sul manubrio della bicicletta.

« È lontano? »

« Molto lontano, su al Nord. Quasi duemila chilometri » fece Marek, impacciato.

« Mio paese molto più lontano. »

« Dove? »

« Niger. Tanto tempo che non vedo Niger » disse Aleya. Sentì una pietra nel petto, ma anche tanta rabbia. Era la prima volta che le succedeva, e quasi si spaventò.

« Ma adesso... tu... » cominciò Marek, senza nemmeno sapere cosa voleva dire.

« Cinquanta euro » disse lei, per rientrare nella vita vera. Marek accennò il gesto di frugarsi nelle tasche.

« Non ho soldi » mentì, con un sorriso idiota. Aleya finse di essere delusa, ma dentro di sé stava sorridendo. Era felice che una volta tanto l'uomo che aveva davanti non tirasse fuori i soldi e non facesse scendere la cerniera. Quando vide che Marek voltava la bicicletta per andarsene, si alzò in piedi.

« Aspetta. »

« Che c'è? »

« Nulla... » Si avvicinò, camminando a piedi nudi sull'erba come da bambina. Si fermò davanti a lui. Si guardavano negli occhi, e Marek si perse in quello sguardo che sembrava un abisso di disperazione. Era proprio quello sguardo, mai visto prima, che lo attirava da morire.

« Quale tuo nome? » disse lei.

« Marek... e il tuo? »

« Aleya. Oggi mio primo giorno qui. »

« Io sono qui da molto tempo, lavoro nei campi di pomodori. »

« Molti soldi? »

« Quasi niente... »

« Bienvenue en Italie » disse Aleya, ironica. Aveva una voce bellissima. Il cuore di Marek continuava a battere veloce, non capiva cosa gli stesse succedendo... Si ritrovò a sognare di non staccarsi mai più da lei. Non c'entrava nulla il disperato bisogno che aveva di toccare una donna. Non riusciva a smettere di guardare i suoi occhi.

« Presto vado su al Nord, dove pagano bene. » E intanto pensava: *ti porterò con me*. Aleya alzò le spalle.

« Io non so dove vado domani, non sono io che decide» disse, e sentì di nuovo una gran rabbia. Perché non poteva decidere? Perché non poteva andarsene con il primo che capitava? Magari con questo polacco biondo…

Come per sfida prese tra le mani il viso di Marek e attaccò le labbra alle sue. Dopo qualche secondo la bicicletta fu spinta via e cadde più avanti con un rumore di ferraglia. Continuarono a baciarsi. Marek la stringeva forte e lei si lasciava stringere. Si sdraiarono, sparirono in mezzo all'erba alta. Nessuno poteva vederli. Erano loro due soli, isolati dal mondo. Fecero l'amore con disperazione, succhiandosi le labbra, e per la prima volta Aleya scoprì il piacere di abbracciare e di fare l'amore con un uomo. Anche piacere fisico, che lei pensava non potesse esistere.

Non sono io che decide… Marek ripensava a quelle parole e gli sembrava di morire. Pedalava verso Carnigliola con mille sogni nella mente. Si sentiva nello stesso momento felice e disperato. Non riusciva a finire un pensiero che ne arrivavano altri due. Era stato bellissimo, in mezzo all'erba. Quando si erano rialzati, Aleya aveva guardato l'orologio e aveva dilatato gli occhi. Non poteva stare via troppo tempo, se i suoi padroni se ne accorgevano erano guai. Dopo un bacio frettoloso aveva fatto per andarsene, e Marek l'aveva trattenuta per un braccio.

« Torno presto » aveva detto con un tono drammatico, di cui subito si era vergognato. Lei aveva sorriso e si era incamminata in fretta verso la provinciale, voltandosi indietro ogni tanto. Mentre la seguiva con lo sguardo, Marek aveva odiato tutto il mondo. Tra poco lei sarebbe stata sotto un altro uomo, avrebbe fatto quello che aveva appena fatto con lui... Non sarebbe stata la stessa cosa, era solo lavoro, per arricchire quelli che decidevano per lei, i suoi « padroni »... Solo quel pensiero orribile riusciva a fargli sopportare la gelosia... Ma era vero che ogni giorno, molti uomini... no, erano solo maschi, non uomini...

Pedalava sotto il sole e cercava di non pensare che forse già in quel momento Aleya era in una macchina con uno di quei maiali... Oltre alla gelosia sentiva una gran rabbia. Aleya era sua. Doveva toglierla dalla strada. Era quello il suo compito, ormai. Un compito che dava un senso alla sua vita.

In lontananza vide le prime case di Carnigliola. Pensò con un brivido che era stato il caso a fargli incontrare quella donna. Se a Cracovia non avesse letto quell'annuncio sul giornale, se non avesse preso il pullman per l'Italia, se non fosse tornato a cercare la ragazza con la magliettina gialla, se Aleya non fosse arrivata in quel momento... non l'avrebbe mai conosciuta. Forse non era stato il caso, ma il destino. E al destino bisognava obbedire, no? Doveva fare qualcosa, doveva portarla via. Aveva bisogno di soldi. Sarebbero andati insieme su al Nord, a Firenze. Una vita nuova, per tutti e due. Lentamente le ombre si diradarono, e rimase soltanto la bellezza di aver incontrato Aleya.

Arrivò a Carnigliola e andò subito dall'indiano per telefonare a sua madre. Dopo una mezz'ora di coda si sedette alla postazione.

« Ciao tesoro... »

« Ciao mamma, come stai? »

« Bene, bene... E tu come stai? »

« Bene, mamma. Che tempo fa a Cracovia? » Moriva dalla voglia di raccontare a sua madre che aveva conosciuto una donna bellissima, ma si frenava. Non avrebbe potuto dirle tutta la verità.

« Zia Jacinta e zio Gustaw ti mandano i saluti. »

« Ringraziali da parte mia. »

« Hai la voce allegra, oggi... »

« Sì, mi sento bene. » Parlarono ancora a lungo, nominando parenti e amici. Quando Marek riattaccò era più agitato di prima. Aveva il capo affollato di pensieri. Appena rimontò sulla bicicletta si sentì sommergere dai dubbi. Si era messo a sognare da solo, non aveva nessuna certezza che Aleya sentisse le stesse cose che sentiva lui. Doveva rivederla a tutti i costi, per capire se lei era davvero diventata la sua donna.

Uscì dal paese pedalando in fretta, con il cuore accelerato. La provinciale non gli era mai sembrata così lunga. Il sole picchiava ancora forte e la sua fronte gocciolava sudore.

Quando di lontano vide le nere sentì uno strizzone allo stomaco. Tra poco avrebbe saputo. Avvicinandosi cercò Aleya con gli occhi, ma non la vide. Era certamente con un cliente.

Si fermò un po' distante dalle donne e rimase in attesa. Cercava di non pensare a quello che stava facendo Aleya, per non mettersi a urlare. Doveva stare calmo. Cosa pretendeva? Chissà da quanto tempo lei faceva quella vita, senza che nessuno muovesse un dito. E adesso arrivava lui, un coglione che riempiva casse di pomodori per pochi spiccioli e fantasticava di salvarla. Contro chi si stava mettendo? Da quello che aveva capito Aleya era prigioniera, e i suoi padroni non avevano nessuna intenzione di lasciarla andare... se non quando fosse stata vecchia e ormai inservibile.

Strinse forte le manopole della bicicletta, disgustato e pieno di rabbia. In quel momento una grande macchina scura si fermò a una cinquantina di metri da lui. Si aprì la portiera e apparve Aleya, più bella che mai. Marek aspettò che la macchina gli passasse accanto e sbirciò dentro. Vide un tipo senza capelli e la faccia grassa, con un grande paio di occhiali neri che gli nascondevano gli occhi. Si era appena scopato la sua donna per pochi euro.

«Figlio di una troia» disse tra i denti, e gli augurò di morire. Aleya lo aveva riconosciuto e stava già camminando verso di lui, un po' stupita. Le altre nere le gridavano dietro qualcosa e ridevano. Marek la aspettò senza muoversi, per avere il tempo di calmarsi. Quando Aleya si fermò accanto alla bicicletta le strinse un braccio.

« Morivo dalla voglia di vederti » disse, con gli occhi da pazzo. La tirò a sé per baciarla ma lei lo respinse, impaurita.

« No... »

« Perché? »

« Loro ogni tanto passa a controllare. »

« Loro chi? » fece Marek, scuotendola.

« Miei padroni. »

« Dove dormi stanotte? »

« Non so » disse lei, alzando le spalle.

« Aleya... »

« Sì. »

« Nulla. » Si guardarono per qualche istante, ma era come se si fossero parlati. La bicicletta finì dentro il fossato e s'incamminarono nel campo. Marek era al settimo cielo, lei era terrorizzata.

Arrivarono al rudere che già conoscevano con il fiato grosso, bagnati di sudore. Sparirono in mezzo all'erba come poche ore prima e un attimo dopo erano uno dentro l'altra. Fu ancora più bello. Aleya disse parole che forse non aveva mai nemmeno pensato, e Marek capì che non aveva sognato da solo.

Dopo, rimasero sdraiati a guardare il cielo. Gli uccelli volavano liberi nell'aria.

« Aleya... »

« Sì. »

« Se me ne vado da qui, verrai con me? » disse, seguendo il volo di un uccellino. Aleya si morse la piccola cicatrice sul labbro, e si alzò per guardare cosa succedeva sulla provinciale. Vide le altre nere occupate a contrattare, e si lasciò andare in ginocchio davanti a Marek.

« Io... non posso... » mormorò.

« Dimmi solo una cosa: se tu eri libera, venivi con me? » Continuava a guardare il cielo.

« Ma... »

« Sì o no? Voglio sapere solo questo. »

« Se io ero libera... sì... » disse lei, malinconica. Marek fece un sorriso feroce.

« Bene. »

« Che vuoi fare? »

« Tra qualche giorno vengo a prenderti e ti porto via, giuro su Dio. »

« Tu pazzo. » Ma sulle sue labbra era apparso una specie di sorriso.

« Meglio pazzo che schiavo... »

« Tu pazzo » disse di nuovo Aleya, e dopo un ultimo bacio frettoloso scappò via.

Alle sei di mattina i furgoni scaricarono i polacchi alla piantagione. Marek non aveva dormito tutta la notte, pensando a come poteva trovare i soldi per andarsene.

Alla fine aveva deciso di tentare una cosa che adesso gli sembrava assurda. Si fece coraggio e si avvicinò al caporale Stefan.

« Che vuoi? » disse il caporale, facendo un cenno agli altri per dire di lasciarlo parlare.

« Mia madre è malata… »

« Mi dispiace. Ora vai a lavorare. »

« Ho bisogno di molti soldi. Posso fare tutto. Dimmi cosa devo fare e io lo faccio… Tutto quello che vuoi… tutto » disse Marek, deciso. Il caporale lo guardò bene, con un sorriso freddo.

« Sai guidare un camion? » disse.

« Certo, in Polonia ho fatto anche il camionista. »

« Bene. Ti faccio sapere, ora però vai a lavorare. »

« Grazie… grazie molto… » Corse al suo posto e s'inginocchiò per terra. Si mise a staccare pomodori con foga, per soffocare l'impazienza. Doveva solo aspettare. Contare i secondi. Fu una giornata lunghissima.

La mattina dopo all'alba, alle baracche, mentre saliva su uno dei furgoni incrociò lo sguardo del caporale Stefan e gli sembrò di vederlo ammiccare. Fece finta di nulla. Quando arrivarono alla piantagione, il caporale lo chiamò da una parte.

« Devi portare un camion fino a Milano, sono ottocento chilometri. »

« Nessun problema. Cosa c'è dentro il camion? »

« E me lo chiedi? Pomodori… »

« Certo. »

« Guardami bene negli occhi. »

« Sì. »

« Se dovesse succedere qualcosa tu non sai nulla, non mi conosci, non mi hai mai visto. »

« Cosa deve succedere? »

« Nulla. Ma ricordati bene quello che ti ho detto. »

« Sì. »

« Se viene fuori il mio nome, faccio ammazzare te e tutta la tua famiglia. »

« Non ti preoccupare, non dico nulla. »

« Bravo. »

« Quanto guadagno? »

« Se tutto fila liscio... voglio essere buono, ti do mille e cinquecento euro » disse Stefan.

« Non puoi arrivare a duemila? »

« Senti, se non ti va bene ne trovo un altro. Ci metto un secondo. »

« No, va bene, nessun problema. Quando parto? »

« Vieni con me. » Salirono sul furgone bersagliati di occhiate. Viaggiarono per qualche chilometro sulla provinciale, poi svoltarono in un sentiero che tagliava in due un terreno incolto. Si fermarono davanti a un vecchio capannone. Saltarono giù e Stefan aprì una saracinesca. Dentro c'era un grosso camion carico di pomodori. Un bel camion.

« Sul sedile trovi i soldi per il viaggio, i tuoi documenti e un foglio con le indicazioni. A Milano devi consegnare il camion a uno che si chiama Leon. Ti darà anche un posto per dormire. Lascia il camion a lui e torna a prenderlo la mattina dopo. Monti su e torni subito indietro. Non devi toccare nulla. Appena torni ti do i tuoi soldi.» Il caporale se ne andò senza aggiungere altro. Marek aspettò che si fosse allontanato, e montò sul camion. Si guardò intorno. C'era la radio, e anche l'aria condizionata. Mise in moto. Il motore faceva un bel rombo. Uscì dalla rimessa in retromarcia e partì. Nella pianura si vedevano centinaia di uomini e donne chini sulle piante, i sorveglianti che camminavano su e giù con i bastoni in mano.

Poco dopo era già sull'autostrada. Il sole arrostiva la campagna, ma dalle bocchette usciva aria fredda e si stava benissimo. Si sentiva libero. Ottocento chilometri erano uno scherzo. Gli faceva soltanto un po' impressione sapere che si stava fisicamente allontanando da Aleya. Ma era proprio per lei che faceva quel viaggio, per vivere accanto a lei. Mille e cinquecento euro. Lui ne aveva messi via più di quattrocento con i pomodori. Poteva farcela.

Accese la radio. Cercò a lungo ma non trovò nessuna musica che gli piacesse. Alla fine lasciò perdere e la spense. Dopo un minuto si mise a cantare un vecchio successo americano, accompagnando la canzone con un impercettibile zig-zag del volante.

*

«Dove hai preso quei soldi?» disse Aleya sgranando gli occhi. Era stupita, ma anche impaurita.

«Sono quasi duemila euro» fece Marek con un sorriso di orgoglio, stringendo in mano la mazzetta di banconote. Era tornato da Milano da poco più di un'ora, e il caporale lo aveva puntualmente pagato. Non solo. Gli aveva detto che entro una settimana ci sarebbe stato da fare un altro viaggio. Lui aveva annuito, anche se sapeva che la settimana dopo sarebbe stato lontano. Stefan gli aveva dato una pacca sulla spalla, dicendo che poteva smettere da subito di raccogliere pomodori.

Marek era corso da Aleya, in bicicletta. Si era fatto vedere ed era andato ad aspettarla al solito posto. Accanto a lei Marek si sentiva un leone e al tempo stesso un bambino. Non gli era mai successo prima. Forse era proprio lei la donna che stava cercando.

«Dove hai preso soldi?» ripeté Aleya.

«Non li ho rubati, se è questo che pensi. Ho solo fatto un lavoro per il mio caporale...»

«Quale lavoro?»

«Un viaggio a Milano con un camion carico di pomodori» disse Marek, nascondendo un lieve imbarazzo. Mise via i soldi, al sicuro. Sapeva bene di non aver portato a Milano soltanto delle casse di pomodori, ma lo aveva scoperto per caso solo dopo. Nessuno si era accorto che lui aveva capito, e nessuno lo avrebbe mai saputo.

« È meglio che vado » disse Aleya, spiando la provinciale. Marek la prese dolcemente per una mano e la tirò a sé.

« Con questi soldi possiamo finalmente andarcene da questo inferno. »

« Andare dove? Ci ammazzano » disse Aleya, terrorizzata.

« Io posso andarmene quando voglio. »

« Io no, miei padroni ammazzano me e anche te. »

« Basta fare le cose per bene » disse Marek, sicuro di sé. Aleya scosse il capo, guardando in basso.

« Mio padrone ha detto che se sbaglio ancora taglia me in pezzi e mi fa mangiare da maiali. »

« Che cosa? » disse Marek, sentendo una vampata fredda al capo.

« Conosco bene mio padrone, so che può fare... »

« Dimmi chi è quella bestia e lo ammazzo io. »

« No, stai calmo. Abita lontanissimo da qui, padrone di mille puttane. Lui potente e molto cattivo. »

« Bastardo, pezzo di merda. » Respirava a fatica. In quel momento sarebbe stato davvero capace di uccidere... ma aveva ragione lei, era meglio stare calmi. Non dovevano rischiare la pelle, dovevano fuggire. Aleya lo abbracciò con disperazione e nascose il viso sul suo petto.

« Prima volevo morire, ogni notte speravo non svegliarmi. Da quando bambina vivo così. Ho sognato mille volte di camminare dentro mare e non esistere più. Ma ora voglio vivere... Ora ci sei tu. Per me tu sei unico vero uomo, non voglio nessuno altro.» Fu lei la prima a stupirsi di quelle parole, non avrebbe mai immaginato di poterle pronunciare. Marek era dilaniato dalla felicità e dalla rabbia. Scostò dolcemente Aleya per guardare i suoi occhi. Anche pieni di paura e di dolore erano bellissimi.

«Se sono il tuo uomo dobbiamo andarcene insieme.»

«Ho paura...»

«Fidati di me.» Le accarezzava il viso per asciugare le lacrime.

«Non posso... non posso...»

«Vuoi continuare così per sempre? A vederci dieci minuti in mezzo a un campo?»

«No... ma...»

«Non possiamo buttare così la nostra vita, lo capisci? Dobbiamo andare via e ricominciare da capo.»

«Quando?»

«Mi devo organizzare. Possiamo partire dopodomani.»

«Cosa?»

«A che serve aspettare?»

«Ho paura...»

«Se restiamo uniti ce la faremo, con te andrei anche all'inferno.»

« Anche io voglio stare con te... »

« A Natale ti porto su a Cracovia, da mia madre » disse Marek, esaltato.

« Non ti vergogni di me? »

« Non pensarlo nemmeno! » Aveva gridato, e per ritrovare la dolcezza la baciò sulle labbra. Sentiva la piccola cicatrice, amava disperatamente anche quella. Aleya vibrava di paura, ma nel suo sguardo passavano lampi di gioia.

« Sei buono... »

« Si devono vergognare tutti gli altri per quello che ti hanno fatto. Ma ora hai finito con questa vita » sussurrò Marek, stringendo i pugni. Aleya accostò di nuovo la bocca a quella di lui, per calmarlo. Fecero l'amore rotolandosi nell'erba, stringendosi forte. Per pochi minuti dimenticarono tutto... ma dopo furono costretti a svegliarsi.

« Dove vuoi andare? » disse Aleya, sistemandosi addosso i vestiti.

« A Firenze. »

« Dove? »

« Non conosci Firenze? È una città bellissima, dove il cielo è sempre azzurro. Ci passa in mezzo un fiume argentato e intorno ci sono colline che sembrano il paradiso. »

« Non esiste una città in quel modo. »

«Firenze è così. Mio nonno ci è passato durante la guerra, mi diceva che a Firenze sono tutti gentili. Saremo felici...»

«Spero che è tutto vero.»

«Certo che è vero.»

«E come facciamo a scappare? La notte mi tengono chiusa.»

«Dammi solo il tempo di organizzarmi. Domani ti dico tutto e dopodomani partiamo.»

«Va bene. Ora devo andare...» Si alzò.

«Aspetta. Prima voglio che tu sappia una cosa.»

«Sì...»

«Ti amo.»

«Tu pazzo» disse Aleya con un sorriso, e se ne andò quasi correndo.

Quella sera, alla baracca, Marek non riusciva a prendere sonno. Era stanchissimo. Sentiva ancora nelle ossa la tensione e la fatica del viaggio con il camion, ma la sua mente non poteva smettere di pensare. Aveva solo un giorno per organizzare la fuga. Non doveva lasciare nulla al caso, ne andava della vita di Aleya. Se fosse stato da solo sarebbe stato tutto molto più facile. Ma non era più da solo, per fortuna...

A sua madre non avrebbe detto nulla. Era meglio aspettare di essersi sistemati a Firenze. Avrebbe continuato a telefonarle tutte le domeniche per rassicurarla, e al momento giusto le avrebbe rivelato ogni cosa... o quasi.

Gli ripassavano nella mente le immagini del viaggio a Milano, e cercò di mettere pace nella sua coscienza. In due giorni aveva guadagnato la paga di quattro mesi di sudore, ma sapeva bene che il trasporto di pomodori era una balla. Per puro caso aveva scoperto che sotto le casse c'era altra merce, quasi certamente droga. Nessuno si era accorto che lui aveva capito. Era arrivato a Milano a fine pomeriggio, e seguendo le indicazioni aveva trovato l'indirizzo giusto. Era una zona di fabbriche e magazzini, nella periferia. Oltrepassando un grande cancello aperto era entrato in un piazzale asfaltato, con diversi camion parcheggiati senza ordine. Aveva chiesto di Leon, e dopo un paio di minuti se lo era trovato davanti. Era un uomo enorme e calvo, nervoso, con gli occhi duri. Aveva un tic al collo, e ogni tre secondi la sua testa faceva uno scatto di lato.

«Hai avuto problemi?» gli aveva chiesto Leon.

«No, tutto bene.»

Leon aveva chiamato qualcuno con un cellulare. Erano arrivati degli uomini in tuta, e Marek li aveva aiutati a trasferire i pomodori su un altro camion. Quella cosa gli era sembrata strana. Come mai non li aveva portati direttamente lui, a destinazione?

Leon gli si era avvicinato e gli aveva dato l'indirizzo di una pensione della zona, precisando che era già pagata.

«Ti aspetto domattina alle sei» aveva detto, e se

n'era andato senza aggiungere altro. Marek era uscito dal cancello, ma dopo aver fatto qualche centinaio di metri si era accorto di aver dimenticato sul camion la bottiglia dell'acqua. Era tornato indietro ma aveva trovato il cancello chiuso. Aveva sbirciato dalle fessure della lamiera, e aveva visto che Leon stava scendendo dal pianale del camion con due grossi fagotti. A quel punto aveva capito tutto e se n'era andato.

La mattina dopo alle sei era tornato a riprendere il camion, ed era ripartito per il Sud. In un'area di servizio era salito sul pianale a controllare. Non senza difficoltà aveva scoperto un nascondiglio, ricavato tra la cabina e il pianale. Era lì che mettevano la droga. Con quel maledetto viaggio aveva guadagnato soldi sporchi. Avrebbe dovuto immaginarlo. Ma era inutile fingere con se stessi. Se lo avesse saputo lo avrebbe fatto comunque. I soldi sporchi potevano essere lavati, se servivano a fare una cosa giusta.

« Ascoltami bene. Ci troviamo domani dalle due e mezzo alle tre alla stazione, subito fuori Carnigliola. »

« Come arrivo là? »

« C'è solo un modo: devi farti portare da uno di quei... di quei maiali che si fermano da te. »

« Va bene. »

« In meno di mezz'ora siamo a Foggia. »

« E poi? »

« Andiamo a Roma e ci fermiamo a dormire da qualche parte. La mattina presto partiamo per Firenze. »

« Perché non subito? »

« In una città che non si conosce è meglio arrivare presto. »

« Mi sembra un sogno… »

« Non è un sogno, Aleya. Troveremo un buon lavoro e vivremo felici, te lo giuro. »

« Adesso vado, non voglio fare cose sbagliate proprio adesso. »

« A domani. Mi raccomando: dalle due e mezzo alle tre alla stazione. Non fare tardi. »

« No… » Gli dette un lungo bacio e se ne andò via con le lacrime agli occhi. Aveva la sensazione di non toccare il terreno con i piedi. Domani sarebbe stata libera. Libera come non era mai stata. Con un uomo accanto che l'amava così com'era. Non poteva essere vero, era solo un sogno. Ma per la prima volta in vita sua voleva provare a sognare. Anche a costo di morire.

Quando vide Aleya scendere dalla Volvo gli mancò il fiato. Erano già le tre e cinque, e aveva temuto che non arrivasse più. Restò nascosto aspettando che la macchina se ne andasse. Cercava di non pensare all'uomo che l'aveva accompagnata da lui, dopo averla pagata per… No no, non era il momento di pensare a quelle cose... Anzi, non doveva pensarle mai più... Non c'era tempo per la gelosia.

Quando la Volvo si allontanò lungo la strada corse incontro ad Aleya e si baciarono, sotto lo sguardo curioso di un paio di vecchie sedute sulle panche della minuscola stazione. Marek tirò Aleya per un braccio in direzione dei bagni pubblici.

« Che vuoi fare? »

« Non puoi viaggiare così. Cambiati i vestiti, mettiti questi. » Le passò un sacchetto di plastica gonfio di roba.

« Fai presto, il treno arriva tra poco. »

« Sì.... » Aleya corse a chiudersi nel bagno. Quando uscì sembrava un'altra. Un paio di normalissimi jeans e una camicetta bianca. Stava benissimo. Marek le prese di mano il sacchetto con i vestiti della sua vecchia vita, e andò con piacere a buttarli in un cestino dell'immondizia.

« Meglio se ti togli il trucco » le disse con un sorriso. Aleya inumidì con la saliva un fazzolettino di carta e se lo strofinò bene sugli occhi, obbedendo volentieri al suo uomo.

La stazione era tutta lì. Un marciapiede di cemento e una tettoia. Il sole era alto, l'aria rovente. Aleya moriva dalla voglia di partire. Nascosta dietro un muro spiava la pianura con ansia, con il terrore di veder apparire i suoi padroni. Marek le mise un braccio intorno alla vita.

« Stai tranquilla, il treno arriva tra poco » le sussurrò in un orecchio. Le vecchie parlottavano tra loro, con la faccia seria.

Il treno doveva partire alle 15.16, ma alle tre e mezzo passate ancora non si vedeva. Marek fingeva di essere sereno, ma sudava freddo. Ogni secondo in più era un rischio. Si fece coraggio e andò a chiedere alle due donne se sapevano qualcosa.

« Arriva sempre in ritardo » disse una vecchia.

« È così da sempre » fece l'altra.

« A che ora arriva? » chiese Marek, gentilissimo.

« Eccolo... » dissero in coro le vecchie. Il treno era ancora lontano, si avvicinava con lentezza.

« Grazie » disse Marek. Tornò da Aleya e le fece una carezza sul viso. Aspettarono in silenzio che il treno si fermasse e salirono senza fretta. C'era pochissima gente, e andarono a sedersi in uno scomparto vuoto.

Il caldo era insopportabile. Il treno si fermava a tutte le stazioni, e le porte automatiche si aprivano con un soffio cattivo. Qualcuno entrava, altri uscivano. Aleya fissava il vuoto con aria disorientata, come se non sapesse dove si trovava. Dopo un po' chiuse gli occhi, si abbandonò contro lo schienale, lasciando che il capo dondolasse insieme al treno. Marek guardava la campagna assolata, pensando ai suoi compagni di baracca. Dal tempo in cui raccoglieva pomodori gli sembravano passati dieci anni.

Finalmente apparvero dei palazzi alti, tutti uguali. Pochi minuti dopo il treno si fermò alla stazione di Foggia. Appena scesero, Marek cercò un tabellone degli orari. Il primo treno per Roma era alle 17.55. Mancavano quasi due ore.

« Hai fame? »

« No. »

« Meglio comprare lo stesso qualcosa. » Uscirono dalla stazione e andarono in cerca di panini e di acqua. Foggia era inondata di sole. Nelle piazze e nelle strade si alzavano grandi palme con la chioma scomposta.

Puzzavano di sudore. Camminando si urtavano spesso la spalla, e quel contatto era bello come un bacio. Ogni tanto si scambiavano un'occhiata d'intesa. Qualche passante li guardava storto, borbottando tra i denti, ma nessuno poteva immaginare cosa stavano vivendo. La sensazione di andare incontro alla libertà era inebriante, ma la paura li teneva in tensione.

Entrarono in un negozio di alimentari. Anche Aleya aveva in tasca un po' di soldi. Più di trecento euro, l'incasso della giornata rubato ai suoi padroni. Ma a pagare fu Marek, fiero di spendere quei soldi. Era per lei che li aveva guadagnati.

Tornando verso la stazione videro passare una macchina dei carabinieri e si sentirono gelare, ma grazie al Cielo non vennero considerati. La libertà era a un passo, dovevano solo avere un po' di fortuna. Andarono al binario e si sedettero su una panca. Entrò in stazione un bellissimo e lungo treno che pareva un aeroplano senza le ali, e Aleya chiese se era quello che stavano aspettando.

« No, su quei treni c'è più controllo » disse Marek con una smorfia. Ma la verità era che il biglietto costava troppo.

Attesero ancora a lungo, spalla contro spalla, lanciandosi lunghe occhiate come i ragazzini storditi dal primo amore. Erano in due, si amavano, ce l'avrebbero fatta.

Finalmente arrivò il loro treno, questa volta quasi in orario. Aveva pochi vagoni, sembrava una specie di grosso e brutto autobus.

« È questo » disse Marek.

Il viaggio durava più di quattro ore, sarebbero arrivati a Roma poco prima delle undici. Il treno si fermava più o meno ogni mezz'ora, ma era più comodo dell'altro e in fondo era piacevole potersi riposare. Aleya cominciava a sentire l'odore della libertà, e il suo viso era illuminato da un leggerissimo sorriso. Ma nei suoi occhi neri passavano ancora lampi di tristezza e di paura.

Nello scomparto non erano soli, e dopo un po' uscirono nel corridoio per poter parlare liberamente. Dal finestrino guardavano eccitati le enormi pianure e le montagne scure di boschi: adesso l'Italia sembrava più bella, finalmente.

« Parlami ancora di Firenze » sussurrò Aleya.

«Ai tempi della scuola, una volta ho letto un libro su Firenze. La chiamano la culla del Rinascimento. Ci sono nati grandi pittori e scultori, poeti e filosofi. È anche la città di Dante Alighieri, il padre della lingua italiana...» Marek parlava senza pensare che per Aleya Dante Alighieri e Rinascimento erano parole senza alcun significato.

«Mio nonno ci è passato con l'armata polacca, durante la guerra. Mi raccontava che l'aria è trasparente, sempre tiepida in estate e in inverno. È tutto bello: non solo le chiese e i monumenti, ma anche le case della gente, dalle più piccole ai grandi palazzi.»

Aleya sapeva bene cosa fosse una guerra, ma non sapeva nemmeno che ci fosse stata una Seconda guerra mondiale. In vita sua non aveva mai aperto un libro. Per quello che aveva sempre dovuto fare non servivano libri.

«Firenze ti piacerà, vedrai. Ci va tutto il mondo a visitarla» disse Marek, con i brividi nella pancia dall'emozione. Anche per lui stava cominciando una vita nuova. All'inizio non sarebbe stato facile. Avrebbe sgobbato come un cavallo, lo sapeva bene. Ma con Aleya accanto non aveva paura di niente. Sarebbe stato felice di spezzarsi la schiena, di fare mille lavori.

«A Firenze come facciamo?» disse Aleya, interrompendo i suoi sogni.

«Abbiamo abbastanza soldi. I primi giorni dormiamo in una pensione, poi troveremo una casa in affitto. Anche piccola, ma tutta nostra. Per fortuna ho i miei documenti, me li ha resi il caporale per il viaggio a Milano. »

« Io mai avuto documenti. »

« Non importa, per il contratto basteranno i miei. Più avanti troveremo il modo di sistemare anche questa faccenda. » Nella sua mente tutto andava liscio, non esistevano ostacoli che potessero scoraggiarlo.

« Dove troviamo un lavoro? » disse Aleya.

« Per il momento lavorerò solo io, voglio che ti riposi. »

« No, voglio anche io… »

« Per i primi tempi è meglio così, credimi. Presto troveremo un lavoro per te, penso a tutto io. Ma adesso devi riposarti e cercare di dimenticare… »

« Va bene » disse Aleya piena di fiducia, anche se sapeva che dimenticare quello che aveva vissuto era impossibile. Marek continuava a sistemare il mondo con le sue fantasie.

« Appena arriviamo a Firenze mi metto a cercare un lavoro qualsiasi. Manovale, scaricatore, camionista, o magari giardiniere in una villa. Al mio paese ho imparato a fare tutto, non mi fa paura lavorare. »

« E io cosa farò? Non ho mai lavorato, non so fare niente… So soltanto… »

« Penso a tutto io, non devi preoccuparti » la interruppe Marek. « Ho già in mente qualcosa, ma per adesso non voglio dirti niente. » Il suo sogno più grande era trovare lavoro insieme a lei in una villa. Aleya avrebbe fatto la cameriera, e lui un po' di tutto: giardiniere, autista, cuoco.

Videro calare lentamente la notte, continuando a parlottare del futuro. Quando il treno entrò nella stazione di Roma, si stupirono che il tempo fosse passato così in fretta.

Scesero a terra vibrando di emozione e si ritrovarono in mezzo a una marea di gente ben vestita. Faceva caldo, e le donne erano mezze nude. Marek si sentiva spaesato, ma cercava di nasconderlo. Per fortuna nessuno li degnava di uno sguardo. Era un vero sollievo. Andarono subito a guardare i tabelloni degli orari. Il treno giusto era quello delle 6.07, disse Marek. Faceva molte fermate e dunque doveva costare poco. Sarebbero arrivati a Firenze alle 9.51. Bene. Adesso dovevano solo cercare nei dintorni un letto per dormire... e per fare l'amore. Uscirono dalla stazione e si trovarono davanti l'enorme piazza piena di macchine, autobus, moto, gente che camminava. Erano soli in una città immensa. Ma erano in due, pieni di coraggio.

« Hai fame? » disse Marek.

« Sì. »

« Mangiamo qualcosa, poi andiamo a cercare un letto. » In un posto affollato e caldissimo presero una bottiglia d'acqua e due grandi pezzi di pizza. La mangiarono camminando, sbirciando i portoni alla ricerca di una pensione.

« Eccone una » disse Marek. Entrarono. Era un posto squallido, ma costava pochissimo e poi dovevano passarci solo poche ore. Quando il proprietario scoprì che Aleya non aveva documenti, scosse il capo. Niente stanza. Non voleva correre rischi. Aleya si fece avanti con un sorriso professionale.

« Non puoi essere buono? Io devo lavorare » disse. Marek stava per scattare, ma lei gli lanciò un'occhiata disperata.

« Be', possiamo trovarci d'accordo » disse l'uomo, già con la bava alla bocca.

« Certo » fece lei, sfiorandogli una mano. A mezze frasi fissarono che si sarebbero visti durante la notte, dopo il cliente polacco. L'uomo le passò la chiave della stanza con un sorriso voglioso, e Marek dovette frenarsi per non rompergli la faccia.

« La stanza fanno quaranta euro » disse il tipo.

« Lì c'è scritto venti » disse Marek, fissandolo con odio.

« Quaranta euro » ripeté lo stronzo. Marek voleva replicare, ma Aleya gli strinse un polso e lo guardò con aria supplice. Allora lui buttò i soldi sul banco e tirò via Aleya per un braccio. Salirono su per la scala puzzolente. La stanza era orribile, con i comodini e il letto di plastica bianca.

« Perché hai fatto quella scena? Potevamo provare in un altro posto » disse Marek, accigliato.

« Sono stanca, non volevo passare la notte a cercare. »

«Quel porco verrà a chiedere quello che gli hai promesso.»

«Invento una scusa, tanto domattina partiamo.»

«Vieni qua...» Si abbracciarono, si baciarono, finirono distesi sul letto. Per non vedere la stanza spensero la luce.

La stazione di Firenze era più piccola di quella di Roma, ma più bella. Uscirono sulla piazza inondata di sole, e Marek indicò il muro di pietra della grande chiesa che si alzava maestosa verso il cielo.

«Allora? Ti piace Firenze?»

«Sì.» Aleya si guardava in giro come una bambina piena di curiosità.

«Facciamo un giro.» S'incamminarono verso il centro. Si tenevano forte per mano, come se temessero di perdersi. Marek era così emozionato che rideva da solo. Erano finalmente arrivati nella città più bella del mondo. Le strade erano affollate di turisti di ogni razza e paese. Le donne erano belle, altezzose, con lo sguardo sicuro e il passo di chi sa cosa vuole. Marek sbirciava le targhe delle pensioni, ma sembravano tutte troppo lussuose. Avevano fame. Comprarono due panini costosissimi e li mangiarono camminando, ma non avevano un buon sapore.

Marek aveva ancora in mente la faccia del tipo della pensione di Roma, che in mezzo alla notte era venuto a chiedere il conto. Aleya era stata bravissima a convincerlo ad avere pazienza... Si sarebbero visti durante il giorno e avrebbero fatto tutto quello che lui voleva... Alle cinque erano fuggiti come due detenuti dal carcere, ridendo e immaginando la faccia di quell'idiota quando avrebbe scoperto la fregatura...

In una viuzza videro finalmente una pensione dall'aria dimessa. S'infilarono nel lungo corridoio polveroso e arrivarono a un banco di fòrmica verdognola. Non si vedeva nessuno. Marek fece due colpi di tosse, e poco dopo arrivò una donna vecchia e grassa pulendosi il naso con un fazzoletto. Quando seppe che Aleya «aveva perso» i documenti alzò le mani e disse che non ne voleva sapere. Marek le chiese di essere comprensiva, se ne sarebbero andati presto. Come risposta, la donna alzò il telefono.

«Se non ve ne andate chiamo la polizia» disse, con il mento che le tremava. Marek prese Aleya per un braccio e la trascinò via da quella topaia. Continuarono a camminare fra la gente, delusi, senza dire nulla. Dopo un po' si trovarono in un grande mercato di bancarelle cariche di scarpe, vestiti, borse, cinture, cappelli, oggetti per turisti. Si sentivano puzzare di sudore e di treno, non vedevano l'ora di lavarsi e di cambiarsi. I loro occhi erano attirati da quelle cose colorate esposte sui banchi, che nonostante non fossero merce di lusso davano un'idea di ricchezza. Però la cosa strana era che a vendere si vedevano solo giovani stranieri: africani, albanesi, cinesi... Marek riconobbe un polacco che stava davanti a un banco di vestiti, e gli parlò nella loro lingua. Il ragazzo si chiamava Dariusz, era di un piccolo paese vicino a Cracovia, e dopo un minuto si davano pacche sulle spalle. Marek gli chiese se poteva fargli un po' di sconto, erano appena arrivati e dovevano ancora sistemarsi. Dariusz gli strizzò l'occhio con aria d'intesa. E ogni tanto sbirciava Aleya, ammirato.

Marek comprò dei vestiti per tutti e due. Maglie, pantaloni, biancheria. Dariusz gli fece pagare meno della metà, e Marek si commosse. Prima di andare gli chiese se sapeva dove potevano dormire senza spendere troppo, e abbassando la voce aggiunse che Aleya non aveva documenti. Il ragazzo ci pensò un attimo, poi scrisse sopra un foglietto un numero di telefono che copiò dal suo cellulare. Era di una donna che affittava camere senza fare domande, ma non era detto che avesse posto. Marek lo ringraziò e gli strinse forte la mano. Prese Aleya a braccetto e se ne andò con il cuore leggero. Al mondo c'erano ancora persone con l'animo gentile.

« Siamo stati fortunati » disse.

Girando per il centro alzavano di continuo gli occhi sui palazzi e sulle chiese. Era davvero una città magnifica. Passarono davanti a un negozio di telefonia che vendeva anche cellulari usati. Marek ne comprò uno per sé e uno per Aleya, più due schede. Centocinquanta euro in tutto.

In piazza del Duomo rimasero abbagliati dalla grande cupola color mattone e dai marmi del Battistero. Aleya si stringeva a lui e sorrideva, pensando che forse doveva cominciare a credere ai sogni.

Si sedettero sopra una panchina in una piazza quadrata, e Marek telefonò al numero che gli aveva dato Dariusz. La donna disse che non aveva camere, ma forse potevano trovarne una dalla signora Rosa. Gli dettò il numero e riagganciò. Marek chiamò subito. Rispose una donna che dalla voce doveva essere piuttosto vecchia. Disse che aveva una camera libera, con il bagno in comune.

« Quanto costa al mese? »

« Trecento euro. »

« Va bene, mi può dire l'indirizzo? » Lo scrisse sopra un foglietto, e appena riattaccò dette un bacio ad Aleya.

« Abbiamo un posto per dormire » disse, stringendole le mani. Cercò sul telefono l'indirizzo e vide che era una strada di periferia. Fermò un ragazzo che passava e gli mostrò il foglietto, ma il ragazzo scosse il capo e se ne andò. Allora Marek entrò in un bar e chiese al barista come si faceva ad arrivarci, ma nemmeno l'uomo lo sapeva. Non era molto incoraggiante.

Uscendo dal bar videro un taxi fermo in mezzo alla piazza che stava scaricando un cliente. Marek corse a parlare con il tassista, e finalmente seppe dov'era la strada che cercavano. Non era proprio a Firenze, ma un po' fuori. Era l'una passata, e il sole picchiava forte.

Chiesero informazioni e salirono sopra un bus affollato. L'aria era calda e pesante, difficile da respirare. Dopo pochi minuti erano fuori dal centro, lungo un viale ingorgato di macchine. I finestrini erano tutti aperti, e Aleya tossiva per colpa dei gas di scarico.

Il bus imboccò un grande stradone, che proprio nel mezzo era percorso per tutta la sua lunghezza da un cantiere aperto. Passarono sotto dei cartelli con le indicazioni per l'autostrada. Aleya appoggiò la testa sulla spalla di Marek, e lui le sorrise nascondendo la sua angoscia.

Dopo molte fermate scesero in un posto squallido, con grandi palazzi che incombevano su edifici più bassi. Chiedendo indicazioni riuscirono finalmente a trovare l'indirizzo. Era una palazzina a due piani schiacciata tra due palazzi di dieci piani.

Suonarono il campanello. Aprì una donna vecchia, con lo sguardo cupo. Li guidò lungo un corridoio poco illuminato. Entrarono in una stanzetta piuttosto sporca, con un letto troppo piccolo per due persone. L'aria puzzava di sigaretta e di vino. Aveva solo quella, disse la donna. Le altre erano tutte occupate.

« Va benissimo » disse Marek, desolato. Non era certo il posto in cui aveva immaginato di portare la sua donna, ma non aveva scelta. Avrebbe lavorato come una bestia per potersi permettere presto qualcosa di dignitoso. Ma i problemi non erano finiti. Quando la padrona di casa venne a sapere che Aleya non aveva documenti, disse che per sobbarcarsi il rischio dovevano pagare duecento euro in più. Marek non aveva la forza di cercare ancora. Fece mentalmente un rapido conto: gli sarebbero rimasti ancora mille e trecento euro, senza contare quelli di Aleya. Mise in mano i soldi alla donna, senza fiatare. La donna se ne andò e finalmente rimasero soli. Marek prese Aleya per le spalle.

«Ti giuro che non staremo a lungo in questo posto» disse, con la voce rotta.

«Non fare così, non m'importa dove stiamo... Sono felice...»

Marek uscì molto presto, dopo aver lasciato sul comodino un biglietto per Aleya. Poche frasi scritte in stampatello con caratteri grandi, perché lei leggeva con una certa difficoltà. Le diceva di non preoccuparsi, e che sarebbe tornato a fine mattina. Non aveva quasi dormito, pensando a cosa doveva fare il giorno dopo. Nella sua fantasia aveva organizzato tutto.

Salì sopra un bus pieno come un uovo. Gli sguardi della gente erano diffidenti, duri come pietre. Dopo quasi un'ora scese in centro, già assediato dai turisti. Si mise a camminare evitando le strade troppo affollate, e alla fine riuscì a trovare quello che cercava: un posto dove si poteva scrivere su un computer e stampare. La cosa più difficile era trovare le parole giuste. Chiese un piccolo aiuto alla ragazza del negozio e alla fine riuscì a scrivere la frase che voleva, in italiano corretto: UOMO SERIO E ONESTO CERCA LAVORO. SO FARE: GIARDINIERE, IDRAULICO, MANOVALE, CAMIONISTA, SCARICATORE, FABBRO, FALEGNAME, PULIZIE. PREZZI BASSI. CHIAMARE A QUALSIASI ORA. MAREK. Ci aggiunse sotto il numero del suo cellulare e copiò l'annuncio fino alla fine della pagina. Undici volte in tutto. Stampò venti fogli, e li tagliò a striscioline. Andò a seminarli in giro. Li mise sotto al tergicristallo delle macchine, li appoggiò sui tavolini dei bar, li infilò nelle cassette della posta dei palazzi che avevano i portoni aperti... Si procurò una cartina di Firenze, e sul bus del ritorno si mise a studiarla.

Scese alla sua fermata e andò dritto alla chiesa di cemento del quartiere. Si ricordava che un amico di Cracovia gli aveva detto che per trovare lavoro nei paesi ricchi bisognava conoscere qualcuno che garantiva per te. Chiese di parlare con il parroco, e fu ricevuto quasi subito. Il prete si chiamava Don Giulio. Era un bel vecchio, magro, con gli occhi buoni e lattiginosi. Marek gli spiegò la sua situazione e lo pregò di aiutarlo. Come? Molto semplice. All'occorrenza doveva dire una sacrosanta bugia: che conosceva bene quel bravo polacco e che garantiva sulla sua serietà. Giurò di essere onesto fino al midollo, di non aver mai fatto nulla di male in tutta la sua vita... e quasi piangendo disse di avere una moglie e una vecchia madre da mantenere. Il parroco lo benedisse, commosso, e gli scrisse sopra un foglietto il proprio numero di telefono, dicendo che lo avrebbe accontentato. Marek lo ringraziò con le lacrime agli occhi e se ne andò di corsa. Tutto stava filando bene. Si fermò a un supermercato con i vetri oscurati. Comprò qualcosa da mangiare, acqua, un rasoio, schiuma da barba, shampoo e saponi.

Trovò Aleya seduta sopra una sedia, con lo sguardo fisso. Lasciò andare la spesa sul tavolo e la strinse fra le braccia. Le raccontò sorridendo cosa aveva fatto, e riuscì a trasmetterle un po' del suo entusiasmo.

«Vedrai che presto mi chiamerà qualcuno. Hai fame? Dai, mangiamo qualcosa e poi andiamo a visitare Firenze con calma. Non stiamo mica per morire, abbiamo tutta la vita davanti. Ci facciamo un bel giro e stasera andiamo a cena in un posto carino. Voglio bere una bottiglia di vino tutta intera. Che ne dici?»

«Sì...»

Il cellulare di Marek squillò dopo due giorni, verso le otto di mattina. Era un uomo, aveva una bella voce, e con un tono deciso disse che aveva bisogno di un bravo giardiniere: il suo aveva smesso di lavorare perché era troppo vecchio. Fissarono di vedersi alle dieci e mezzo. Marek prese Aleya e la sollevò da terra. Era così felice che non riusciva nemmeno a parlare. Corse in bagno a lavarsi e a farsi la barba. Si mise i vestiti migliori che aveva, si pettinò con cura. Dopo un lungo bacio si staccò da Aleya e corse via.

Non conosceva la città, e voleva essere sicuro di non fare tardi. Aiutandosi con la piantina riuscì a individuare l'indirizzo. Dopo un paio di autobus, salì a piedi su per una strada ripida che portava in una zona lussuosa. Attraversò un grande viale e poco dopo imboccò la via dell'appuntamento. Era stretta, tutta curve, bellissima.

Alle dieci era già davanti al cancello della villa. Un cancello enorme, schermato da una lamiera, che interrompeva un alto muro di pietra. Alzandosi sulla punta dei piedi riusciva a intravedere il tetto di una grande villa, attorniato da alberi secolari. Fece una camminata là intorno, cercando di non sudare troppo. Pregava Dio di fargli avere quel lavoro. Ogni tanto passava una macchina e dietro i vetri scorgeva occhiate sospettose, oppure indifferenti.

Alle dieci e mezzo in punto suonò il campanello. Voleva far vedere da subito che era una persona precisa e affidabile. Aspettò con pazienza che succedesse qualcosa. Dopo un minuto sentì un lieve ronzio.

«Chi è?» disse dal citofono una voce metallica.

«Buongiorno, sono... il giardiniere.» Il cancello si aprì con uno scatto. Marek entrò nel parco e rimase senza fiato. Sembrava il paradiso. Olivi ben curati, prati verdissimi, grandi vasi pieni di fiori, e lassù intorno alla villa decine di alberi di alto fusto. S'incamminò lungo il vialetto di ghiaia, e quando arrivò a una cinquantina di metri dalla villa, vide una bella donna con i capelli neri legati in una coda che prendeva il sole senza reggiseno, sdraiata sul bordo di una immensa piscina. La donna si accorse dell'estraneo e lo guardò con un mezzo sorriso sulle labbra, poi voltò il viso dall'altra parte. Un muro invisibile la divideva da quel polacco disposto a lavorare duro per poco denaro pur di inseguire i propri sogni.

Marek si avvicinò al portone della villa. Dopo un lungo minuto venne ad aprire un filippino in divisa, con un grosso cane nero al guinzaglio.

«L'avvocato sta arrivando» disse con un filo di disprezzo nella voce, squadrandolo da capo a piedi.

«Dove lo aspetto?» chiese Marek.

«Fai giro nel parco» disse il filippino, e richiuse la porta. Marek si mise a camminare nei vialetti lastricati di pietre, evitando di avvicinarsi alla piscina. Non era abituato ad avere intorno quella ricchezza, e si sentiva impacciato. Dopo mezz'ora il cancello elettrico sulla strada si aprì e apparve una grande macchina argentata che andò a fermarsi accanto alla villa. Scese un uomo sui quarant'anni, alto e abbronzato, elegantissimo. Andò con calma a scambiare due parole con la donna che prendeva il sole, poi s'incamminò stancamente verso Marek. Si fermò a un passo da lui con le mani in tasca.

«Buongiorno» disse Marek, senza sapere dove mettere le mani.

«Hai già lavorato come giardiniere?»

«Sì.»

«Dove?»

«Al mio paese e in Francia» mentì.

«Di dove sei?»

«Polonia.»

«Conosci qualcuno che può darmi delle garanzie su di te?»

«Sì.»

«Vorrei parlarci. Chi è?»

«Un prete.»

«Come si chiama?» disse l'avvocato, vagamente diffidente.

«Don Giulio.»

«Come faccio a parlarci?»

«Ho il suo telefono.»

«Dimmi...»

«Ce l'ho qua.» Gli passò il biglietto del prete. L'avvocato sfilò dalla tasca un bellissimo cellulare e chiamò subito, allontanandosi per parlare più liberamente. Marek aspettò con ansia che la telefonata finisse. Quando l'avvocato tornò da lui aveva un sorriso soddisfatto sulle labbra.

«Bene, tutto a posto. Veniamo a noi. Qua nel parco vorrei un lavoro fatto bene, ci tengo all'ordine e alla pulizia. Ce la fai a venire tutte le mattine per qualche ora? »

« Certo. »

« Facciamo una prova. Se tutto fila liscio poi parleremo di soldi. »

« Va bene. »

« In quel casottino laggiù ci sono gli attrezzi, i concimi e una tuta da lavoro. Se c'è da comprare qualcosa chiedi a José. »

« Va bene. » José doveva essere il filippino.

« Meglio se vieni sempre di mattina. »

« Come vuole lei. Comincio subito? »

« Certo… Dal lunedì al sabato, d'accordo? »

« Quando c'è bisogno, anche domenica. »

« Così mi piaci » disse l'avvocato, e dopo un cenno di saluto s'incamminò verso la villa. Marek andò nel casottino a cambiarsi, ringraziando la fortuna. Fare il giardiniere solo la mattina gli lasciava la possibilità di trovare altri lavori. Telefonò ad Aleya per darle la bella notizia, le disse che non sapeva quando sarebbe arrivato a casa, ma quella sera l'avrebbe portata a cena in pizzeria.

Durante la settimana di prova ogni mattina alle nove entrava in quel bellissimo giardino, che voleva diventasse il suo regno. Zappettava le aiuole, concimava le piante, toglieva le foglie morte e i fiori secchi. Ci metteva un grande impegno, per non rischiare di perdere quella magnifica occasione. In confronto ai pomodori era come stare in paradiso. Aveva davanti agli occhi solo cose belle, trovava l'ombra per ripararsi, poteva bere quando voleva senza che un caporale gli gridasse dietro.

L'avvocato era molto soddisfatto del lavoro, e dopo la prima settimana confermò a Marek il posto di giardiniere. Si misero d'accordo per dieci euro l'ora, una paga settimanale di duecentocinquanta euro. Nell'inferno dei pomodori lavorava in un giorno quanto adesso in quattro mattine, e guadagnava poco più della metà. Un altro paio di lavori così e la sua vita avrebbe preso il volo. Avrebbe trovato un vero appartamento, anche minuscolo andava bene. Lavorava e sognava a occhi aperti.

Il cane dell'avvocato si rivelò un gran giocherellone, a dispetto della sua mole. Gli girellava intorno scodinzolando e invitandolo a giocare. Marek ci si affezionò all'istante, e gli faceva delle grandi carezze sul capone. Quando ogni tanto alzava lo sguardo verso la piscina, due volte su tre gli sembrava che la signora con i capelli neri lo stesse guardando. Era bellissima, ma non quanto Aleya.

Insomma, Marek era più che contento. Gli piaceva molto lavorare in quel grandissimo parco, in compagnia del cane. Ebbe anche dall'avvocato il permesso di prendere qualche iniziativa: spostava un vaso, piantava dei fiori nuovi, potava una siepe secondo il proprio gusto. Andava tutto a gonfie vele. Non gli importava nulla se la sua vita accanto a quella dell'avvocato aveva il gusto dell'ingiustizia che regnava nel mondo. Se pensava a che vita faceva fino a pochi giorni prima…

Solo il filippino era una spina nel fianco. Quando non c'era l'avvocato si atteggiava a padrone di casa, dava ordini, criticava ogni cosa. Marek sopportava, non poteva fare altrimenti. Il filippino aveva anche una moglie, che però non si vedeva quasi mai. Una donna piccolissima con gli occhi tristi, che sembrava chiedere scusa all'aria che spostava.

Marek aveva ricevuto anche altre telefonate, ed era riuscito a trovare due nuovi lavori, proprio come sperava. L'unica vera sofferenza era stare lontano da Aleya. La sua giornata era lunga e faticosa, ma lui non chiedeva di meglio. La mattina all'alba andava al mercato ortofrutticolo di Novoli a scaricare camion. Alle nove andava alla villa dell'avvocato, sulle colline sopra piazzale Michelangelo. Nel pomeriggio faceva il manovale in un cantiere alla periferia di Scandicci. In un mese guadagnava più di duemila euro… e la notte aveva ancora energia per fare l'amore con la sua donna.

Aleya per il momento non lavorava, passava intere giornate ad aspettare il suo uomo. Marek l'aveva pregata di non cercare nulla, di aspettare. Avrebbe pensato lui a tutto. Lei non doveva preoccuparsi. Ogni tanto si sentivano al telefono per un breve saluto, mandandosi baci. Lei insisteva per cominciare a lavorare, ma Marek le chiedeva di pazientare. Presto si sarebbero anche trasferiti in un appartamento più grande, più bello, più vicino a Firenze. Prima però voleva mettere da parte un po' di soldi, per sicurezza.

« Fidati di me » le diceva. Riuscì a trovarle dei corsi gratuiti da frequentare: per imparare a cucire, a stirare, a cucinare e anche per imparare meglio l'italiano. Aveva in mente una certa cosa, ma per scaramanzia non voleva dirle ancora nulla. La incoraggiava anche a visitare Firenze, e lei andava spesso in centro a vedere musei e chiese, a guardare le vetrine dei negozi. Doveva difendersi di continuo dagli uomini che cercavano di abbordarla, e la sera ne ridevano insieme.

Marek aveva imparato in fretta a conoscere la città. Per spostarsi velocemente si era comprato uno scooter usato, e nei momenti liberi lo usava per fare lunghi giri sulle colline insieme ad Aleya. Si sentiva un re con la sua regina. Ogni tanto pensava a quell'annuncio che aveva letto a Cracovia: era cominciato tutto da lì, e ringraziava quel benedetto giorno.

*

Passavano le settimane. Ogni domenica Marek telefonava a Cracovia e parlava a lungo con sua madre. Riusciva a mandarle trecento euro al mese, e ne era orgoglioso. Non vedeva l'ora di raccontarle come stavano le cose, ma voleva aspettare ancora un po'. Magari le avrebbe detto tutto a Natale, quando sarebbe andato in Polonia con Aleya. Pensando a queste cose quasi piangeva dalla gioia.

Il lavoro più bello era fare il giardiniere alla villa. Stare in mezzo al verde, respirare aria buona, infilare le mani nella terra. Il grosso cane nero gli faceva molta compagnia. Anche la moglie dell'avvocato che prendeva il sole mezza nuda era un bel vedere. Ma sbirciarla ogni tanto era solo un gioco. Nessuna poteva distoglierlo dalla sua donna. Era per lei che sgobbava. Per farla felice sarebbe stato disposto a tornare nei campi di pomodori. La superbia del filippino era l'ultimo dei suoi problemi.

Scoprì che i filippini non dormivano alla villa dell'avvocato, come aveva sempre pensato. Venivano la mattina presto e se ne andavano verso le otto dopo aver preparato la cena. La sera l'avvocato voleva sentirsi libero, non gli piaceva avere in casa degli estranei.

Una sera Marek tornò a casa con un sorriso che gli tagliava in due la faccia. Strinse fra le braccia Aleya fino a farle scricchiolare le ossa. Poche ore prima al telefono le aveva detto che doveva darle una grande notizia.

« La coppia di filippini è stata mandata via. Sembra che lui rubasse in casa. Ho parlato di te con l'avvocato. Gli ho detto che sei mia moglie, che sai cucinare bene, sai lavare e stirare, sai pulire la casa. L'avvocato ha detto che vuole conoscerti, forse potrai fare una settimana di prova. »

« E se non sono brava? » disse Aleya, con una ruga sulla fronte.

« Ce la devi mettere tutta. Se prende a lavorare anche te... Ci pensi? Non dovrai più aspettarmi tutto il giorno. »

« Sarebbe troppo bello, non riesco nemmeno a sperare » sussurrò lei, con gli occhi umidi.

« Andrà tutto bene, me lo sento. Perché non dovremmo avere un po' di fortuna anche noi? »

Aleya ebbe il suo lavoro di cameriera dopo soli due giorni di prova. Ce l'aveva messa tutta per essere all'altezza della situazione, soprattutto per non deludere il suo uomo. La moglie dell'avvocato la guardava con un misto di diffidenza e ammirazione, ma non aveva opposto nessuna resistenza alla decisione del marito.

Dopo aver scaricato cassette di frutta e di verdura al mercato, Marek passava a prendere Aleya e in due sullo scooter salivano fino alla villa. Arrivavano verso le nove e mezzo. Lei lavorava in casa, lui nel giardino.

Si vedevano poco, ma sapere di essere vicini bastava a farli sentire felici. Aleya ripensava alla sua vita di prima, e le sembrava lontanissima.

Il pomeriggio Marek andava al cantiere, e tornava a prendere Aleya verso le sei. Quasi sempre la trovava già davanti al cancello. Tornavano verso casa stanchi e contenti. Andavano a cena in una piccola trattoria che costava pochissimo, a un chilometro da casa. Tra un bicchiere di vino e l'altro Marek non faceva che parlare di progetti. Ancora un paio di mesi e avrebbe cercato un appartamento in affitto dove potevano stare tranquilli. Eccola l'Italia che aveva immaginato. Esisteva davvero. Ci era voluto lo zampino della fortuna, ma ce l'avevano fatta.

Aleya gli descriveva le stanze della villa, i saloni, i mobili strani, i grandi quadri colorati che non ci si capiva nulla. Le piaceva stare lassù, il lavoro non le pesava. Anche con lei il cane faceva il matto e questo la divertiva. La signora aveva sempre l'aria un po' annoiata, ma era simpatica e gentile. Ogni tanto si sedeva in cucina e le raccontava qualcosa: la figlia di diciassette anni che studiava in un collegio svizzero, un suo parente pianista che girava il mondo, suo padre morto per la puntura di uno scorpione africano dopo due anni di continui ricoveri negli ospedali.

Marek beveva sempre un po' troppo, e con gli occhi arrossati le raccontava della Polonia, dei suoi nonni, di suo padre che lo portava a vedere i palazzi che aveva costruito, di sua madre che aveva faticato per mandarlo a scuola.

Una mattina l'avvocato chiamò Marek e lo fece accomodare nello studio della villa, davanti a una grande scrivania piena di fascicoli. Voleva fargli una proposta. In un angolo del parco, lungo il muro di cinta che costeggiava la strada, c'era una piccola costruzione in disuso, che in passato doveva essere servita da abitazione per un casiere. Era in buone condizioni, aveva solo bisogno di una rinfrescata. Se Marek la rimetteva a posto senza pretendere alcun compenso, sarebbe diventata la casa per lui e per sua moglie. Senza pagare nessun affitto, ovviamente.

«Luce, acqua, gas... pago tutto io.» Marek avrebbe lavorato le solite quattro ore al giorno, e il resto del tempo era libero come prima. Aleya invece sarebbe stata a disposizione dalla mattina presto fino alle otto di sera, tranne quando lui e la moglie avevano ospiti a cena. In quel caso Aleya si sarebbe trattenuta fino alle undici. Duemila euro per tutti e due.

«Be', cosa mi dici?» fece l'avvocato. Marek credeva di sognare, non riusciva a spiccicare una parola. Non avrebbe mai sperato in una cosa del genere. L'avvocato sorrise.

«Sei diventato muto?»

«Sì... cioè no. Va bene, per la casa nessun problema, faccio tutto io.»

«Direi di non perdere altro tempo. Queste sono le

chiavi della casetta, appena l'hai rimessa a posto potete trasferirvi» disse l'avvocato, alzandosi in piedi. Marek lo ringraziò e corse via. Andò subito a vedere la casetta, e sorrise di gioia. Quattro grandi stanze e un bagno. Non era ridotta poi così male. Si doveva pulire, imbiancare, sistemare qualche infisso, rimettere un paio di vetri rotti. Due settimane potevano bastare. Era al settimo cielo. Avrebbe vissuto con Aleya sulle colline di Firenze, senza pagare niente. Ma non solo. Considerando gli altri due suoi lavori, lui e Aleya avrebbero guadagnato più di tremila euro al mese. Potevano mettere da parte un sacco di soldi per i loro sogni futuri, e lui poteva mandare a sua madre cinquecento euro al mese.

Aveva fatto male i calcoli. Ci mise più di un mese a sistemare la casetta, lavorando nei ritagli di tempo: dalle sei di pomeriggio fino alle dieci di sera. L'avvocato gli aveva dato le chiavi del cancello elettrico, e poteva andare e venire a suo piacere.

Arrivò il grande giorno: la casetta era pronta. La sera stessa, poco prima di cena, Marek andò a disdire la stanza. Era la metà del mese, ma la signora Rosa non volle restituirgli la metà dell'affitto, dicendo che prima di trovare un altro inquilino ci avrebbe messo del tempo. Marek lasciò perdere, non valeva la pena arrabbiarsi. Anzi dovevano festeggiare. Una bella trattoria era quello che ci voleva.

La mattina dopo Marek decise di non andare a lavorare al mercato di Novoli. Aleya era allegra, non faceva che ridere. Radunarono le loro cose e partirono con lo scooter verso la loro nuova vita.

Accadde una mattina di novembre, sotto un cielo limpidissimo. Marek stava lavorando nelle aiuole che fiancheggiavano la piscina, ormai coperta. La signora era uscita con una sua amica portandosi dietro il cane, e pranzava fuori. Aleya stava facendo le pulizie nella villa. Poco dopo le undici il cancello si aprì e apparve la macchina dell'avvocato. A quell'ora era la prima volta che succedeva. Marek continuò a lavorare, non erano fatti suoi. L'avvocato gli andò incontro e gli disse di andare a controllare la recinzione in fondo al parco. Doveva guardare bene, e se c'erano buchi nella rete doveva ripararla subito.

«Dopo taglia anche un po' di legna per il camino.» Aspettò che Marek si fosse incamminato e sparì dentro la villa con aria indaffarata. Marek arrivò in fondo al parco. Si mise a controllare la rete con attenzione, ma c'era un tarlo che gli si era infilato in un orecchio. Chissà come mai si era ricordato di una cosa. Quando l'avvocato aveva visto Aleya per la prima volta era rimasto per qualche secondo senza parole, come imbambolato. Marek lo aveva notato, ma aveva fatto finta di non accorgersene. Poi se ne era dimenticato. Come mai quel particolare gli era tornato in mente proprio adesso? Guidato più dall'istinto che dalla ragione si diresse verso la villa, camminando sempre più in fretta. Era quasi arrivato alla piscina quando vide Aleya precipitarsi verso la loro casetta e chiudersi dietro la porta. Corse da lei e la trovò sdraiata sul letto che ansimava.

«Che è successo?»

«Niente... Niente...»

«Cos'è successo?»

«Ti prego, andiamo via.»

«Ti ha toccata? Si è azzardato a toccarti?» Marek vedeva passare bagliori davanti agli occhi.

«Cosa vuoi fare? Ti prego, torna qui...» Ma lui era già fuori. Avanzava come un bufalo verso la villa. La porta era rimasta aperta. Entrò in casa e si mise a girare per le stanze. Finalmente lo trovò. L'avvocato era seduto comodamente dietro la sua scrivania, e stava fumando un sigaro.

«Che vuoi? Chi ti ha detto di entrare?» disse alzandosi, con aria sprezzante. Marek non aveva nulla da dire. Gli si avvicinò e lo colpì al viso con un pugno. L'avvocato cadde dalla sedia, sputando sangue dal naso.

«Sei rovinato, stronzo di un polacco.»

«Nessuno tocca la mia donna» disse Marek.

«Questa me la paghi, figlio di puttana...» Si guardava la camicia sporca di sangue.

«Dammi i soldi che mi spettano.»

« Ti denuncio, ti mando in galera. »

« I soldi... » disse Marek con una voce terribile, alzando in aria un grosso pugno.

« Fermo! » strillò l'avvocato. Sfilò il portafogli per prendere i soldi e Marek glielo levò di mano. Ci frugò dentro. C'erano parecchie banconote.

« Li prendo tutti. È niente per quello che hai fatto. » Buttò il portafogli sulla scrivania e se ne andò, ignorando le bestemmie dell'avvocato. Aleya aveva già radunato le loro cose.

« Che gli hai fatto? »

« Andiamo » disse Marek.

« È vivo? »

« Sì, purtroppo è vivo. » Montarono in fretta sullo scooter e partirono. In lontananza si sentiva già il lamento di una sirena.

« Andiamo via da questa città » disse Aleya, stringendolo forte.

« Dove? »

« Voglio vedere il mare... »

La spiaggia era deserta, sporca, disseminata di detriti portati dalle mareggiate, rami secchi, copertoni, bottiglie di plastica... ma là davanti c'era il mare, il grande mare che evocava misteriose speranze. Erano seduti sulla sabbia a pochi metri dalla riva, ipnotizzati dal mormorio della risacca. Faceva freddo, ma ancora non volevano andarsene. Aleya piangeva, silenziosa, pensando che quello stesso mare bagnava le coste dell'Africa. Abbracciati stretti guardavano il sole che scendeva verso l'orizzonte. Aspettarono in silenzio di vederlo affogare nel mare, poi montarono sullo scooter e andarono verso Massa, a cercare un posto per dormire. Non sapevano se le minacce dell'avvocato erano state mantenute, e per sicurezza pensarono di trovare una pensione un po' sperduta, lontana dalla città. Ne individuarono una giusta lungo una strada trafficata dai camion. Entrò Marek da solo, per saggiare il terreno e capire se potevano esserci dei rischi. Al banco c'era una vecchietta mezza sorda che aveva le stanze tutte vuote, e senza nessun problema ne presero una. Era semplice ma dignitosa, con mobili tristi che la facevano sembrare la camera di una vecchia zia. Marek si ricordò dei soldi che aveva preso all'avvocato. Accese la luce del comodino e li contò. Forse aveva esagerato: erano più di quattromila euro. Ma con quei soldi avrebbe risolto molte cose, e sentiva di meritarselo.

Finalmente si ritrovarono di nuovo abbracciati dentro un letto. Fare l'amore era come andarsene lontano, in un mondo bellissimo dove la disperazione si trasformava in gioia di vivere.

Dopo rimasero sdraiati al buio uno accanto all'altra, a fantasticare sul futuro. Avevano perso in un colpo tutto quello che avevano messo in piedi, tranne la dignità... Dovevano ricominciare da zero, ma non si sarebbero arresi. Aleya aveva assaporato la vita e ormai voleva continuare a credere ai sogni. Se ce l'avevano fatta una volta, potevano farcela una seconda... e anche una terza, se fosse stato necessario. Si appiccicò a Marek per sentire il suo calore. Rimasero a lungo senza parlare, con gli occhi aperti sul buio. A un tratto Marek la strinse più forte.

«Aleya...»

«Sì.»

«Sei la donna più bella del mondo.»

«Meglio se non lo ero.»

«Perché?»

«La bellezza è stata mia condanna.»

«Aleya...»

«Sì.»

«Sposiamoci.»

«Cosa?»

«Sposiamoci.»

«Sei pazzo?»

«Sì, sono pazzo.»

«Anche io sono pazza» disse Aleya, montandogli sopra. Si mise a baciarlo, ad accarezzarlo. Mille uomini l'avevano usata per i loro sfoghi, ma nessuno l'aveva mai avuta. Con Marek era tutto nuovo. Era stato tutto nuovo fin dalla prima volta, quando in quel campo in Puglia si era sentita una vergine. Fecero l'amore ancora una volta, scavalcando le montagne... poi scivolarono nel sonno.

*

La mattina dopo si svegliarono prestissimo, con la voglia di cominciare una nuova avventura. Si infilarono i caschi e i giubbotti imbottiti e montarono sullo scooter. Andarono verso il centro di Massa per fare colazione in un bar, e mentre erano fermi a un semaforo videro la locandina di un quotidiano: RAPINA IN VILLA A FIRENZE.

« Stronzo... » disse Marek. Parcheggiò più avanti e andò a comprare il giornale. Lesse l'articolo scuotendo il capo. L'avvocato si era inventato la rapina e aveva descritto i suoi aggressori. Un uomo e una donna, che lo avevano picchiato senza motivo. Lui certamente un polacco, biondo, occhi verdi, capelli corti, corporatura forte. Lei una nera, probabilmente nigeriana, alta, bellissima, capelli neri lunghi, con una piccola cicatrice sul labbro superiore. Marek sputò per terra e disse ad Aleya di coprirsi bene la bocca con la sciarpa. Sudava freddo. Erano stati fortunati ad arrivare fin lì senza che la polizia li fermasse. Dovevano ringraziare anche il casco, che li nascondeva allo sguardo.

« Dobbiamo cambiare aspetto » disse. Ci pensò un attimo, poi decise cosa fare. Riaccompagnò Aleya alla pensione, per il momento il posto più sicuro. Lei si chiuse nella stanza, e Marek uscì a piedi da solo. Comprò qualcosa da mangiare in un negozio di alimentari e tornò da Aleya. Uscì di nuovo da solo, questa volta con lo scooter. Seguendo le indicazioni arrivò fino a un centro commerciale. Comprò in fretta del colorante per capelli, un paio di forbici, un rossetto rosso fuoco, due paia di occhiali da sole, due giubbotti alla moda e due nuove schede per i cellulari.

Appena tornò alla pensione tagliò i capelli ad Aleya, corti corti. Gli piangeva il cuore, ma non poteva fare altrimenti. Aleya tinse di nero i capelli di Marek. Si guardarono allo specchio: erano irriconoscibili.

«Potrei passare accanto a mia madre e lei non se ne accorgerebbe» disse Marek, soddisfatto. Vide che Aleya si era intristita. Le chiese cosa le succedeva. Lei all'inizio non voleva parlarne, poi disse che pensava a sua madre, ma che adesso preferiva non raccontargli nulla. Lo avrebbe fatto più avanti, in un momento diverso. Marek avrebbe voluto sapere tutto, ma rispettò la sua volontà e non le chiese nulla. Le disse di colorarsi bene le labbra con il rossetto per nascondere un po' la cicatrice, e di tenere il più possibile la bocca coperta. Gli occhiali da sole e i giubbotti nuovi avrebbero fatto il resto. Cambiarono le schede ai cellulari. Quelle vecchie le buttarono nel water avvolte nella carta igienica, per farle scendere meglio.

«Andiamo via da qui.»

«Dove?»

«Ancora non so. Per uscire mettiamoci il casco, così la vecchia non vedrà come siamo adesso.» Pagarono la stanza e se ne andarono. Passando da vie poco frequentate arrivarono a una strada di montagna che portava verso Carrara. Avevano paura, ma la tensione li elettrizzava, li faceva sentire più uniti che mai.

Nemmeno un mese dopo erano già usciti dall'emergenza. Dopo aver passato un po' di tempo a dormire nelle pensioni avevano trovato una minuscola casetta subito sopra Forno, un paesino arroccato ai piedi di una montagna e attraversato da un corso d'acqua. Era mezza diroccata, ma di lassù si poteva vedere il mare. Aleya faceva le pulizie da una vedova che aveva la casa piena di gatti. Marek aveva trovato lavoro come manovale, in un cantiere pieno di polacchi. Uno di loro viveva in Italia da più di vent'anni. Aveva visto cadere decine di governi, diceva ridendo. Conosceva molta gente, ed era stato proprio lui a indicare a Marek la casetta di Forno.

Una mattina di domenica fecero l'amore durante una bufera, con il vento che spifferava dagli infissi vecchi. Crollarono felici e rimasero abbracciati, ricoperti di sudore.

Lentamente il vento si placò. Uscì fuori il sole, un raggio attraversava la stanza come una lama di polvere. Aleya si sentiva forte, finalmente. Da tanto tempo quel suo gran male allo stomaco era un ricordo lontanissimo, che apparteneva quasi alla vita di un'altra. Non c'erano più zio Ti, Kha, Heléne, il caporale, i mille e mille uomini. Forse era vero che si poteva dimenticare, che si potevano seppellire i brutti ricordi sotto una coltre di tempo. Riusciva a vedere, finalmente nitido, solo il volto di sua madre, ma anche lei era il passato remoto, il presente e il futuro erano solo Marek, lei e Marek... Ci voleva del tempo, ma poteva farcela. Marek le aveva spiegato che quella sensazione si chiamava felicità. Per la prima volta Aleya pensò che avrebbe voluto avere dei figli. Non disse nulla a Marek. Non voleva farlo agitare... Quel matto di un polacco aveva sempre le rotelle in movimento, e chissà cosa sarebbe stato capace di fare e di dire...

Marek in quel momento sonnecchiava, stanco della settimana, ma contento... Vide Aleya che si alzava dal letto.

«Dove vai?» mugolò, cercandola con la mano.

«A vedere il mare. Dai, vieni.»

«Dimmelo tu com'è il mare, mi fido...»

«Scemo» disse Aleya sorridendo. Si mise a danzare in mezzo alla stanza, mugolando una canzone del suo paese...

«Non ti avevo mai vista ballare» disse lui.

«Potrei ballare per un giorno intero, ma adesso voglio vedere il mare...» Aleya cercò una maglia, e mentre se la infilava si accorse che lui la stava guardando.

«Hai un culo bellissimo» disse Marek.

«Solo il culo?» rise lei. Andò ad aprire la porta

per guardare il mare, e Marek la vide bloccarsi sulle gambe.

«Che ti prende?» disse... poi sentì un piccolo tonfo e il capo di Aleya scattò all'indietro, un istante dopo lei cadde a terra come un sacco vuoto. Marek rimase pietrificato, cercava di urlare ma non era possibile... A un tratto nella stanza entrò un silenziatore con dietro una pistola, poi una mano infilata in un guanto nero, e per ultimo un uomo. Marek non fece in tempo a capire che faccia avesse, e sentì un altro piccolo tonfo... La pallottola andò a conficcarsi nel suo petto, ma lui non provò nessun dolore, non c'era nemmeno una goccia di sangue... Finalmente riuscì a urlare il nome di Aleya, aprì gli occhi e si ritrovò seduto sul letto, con lei accanto che gli teneva le mani sulle guance.

«Amore... calma... sono qua... stavi urlando...»

«Oddio... oddio... vieni, abbracciami...»

«Sì, amore... tutto va bene... che hai sognato?»

«Nulla... nulla... abbracciami...» Aleya gli dava bacini sul viso, e a poco a poco Marek si calmò.

«Andiamo a vedere il mare?» sussurrò lei.

«Sì, andiamo...»

«Non ti sei mai accorto che il tuo nome ha dentro il mare... Marek...»

«No, non me n'ero mai accorto...»

MARCO VICHI

OMBRE

Il nuovo romanzo di Marco Vichi è anche una nuova, sorprendente avventura. Una storia che racconta come il passato non è qualcosa di immutabile e irrimediabilmente concluso, ma è anzi materia viva. Una dimensione in movimento, che chiede ancora di essere descritta, definita, capace com'è di ribaltarsi sul presente sgretolando convinzioni che si credevano immodificabili. A un tratto, nel modo più inatteso, tutto può cambiare: quando meno ce lo aspettiamo, una svolta improvvisa ci porta dove non avremmo mai immaginato di poterci spingere. È quello che accade a Luigi, un raffinato editore fiorentino, che un giorno si trova proprio in questa tempestosa situazione, carica di mistero. E diventa il primo attore di una trama che lo porterà sulle tracce di una donna mai dimenticata...

GUANDA

Questo libro è stampato col sole

Azienda carbon-free

Fotocomposizione: Andrea Bongiorni
Milano

Finito di stampare
nel mese di febbraio 2023
per conto della Ugo Guanda S.r.l.
da Grafica Veneta S.p.A. di Trebaseleghe (PD)
Printed in Italy